鬼の蔵　よろず建物因縁帳

内藤 了

JN210836

講談社
タイガ

写真　Cylonphoto/Getty Images
Hara Taketo/EyeEm/Getty Images
デザイン　舘山一大

目次

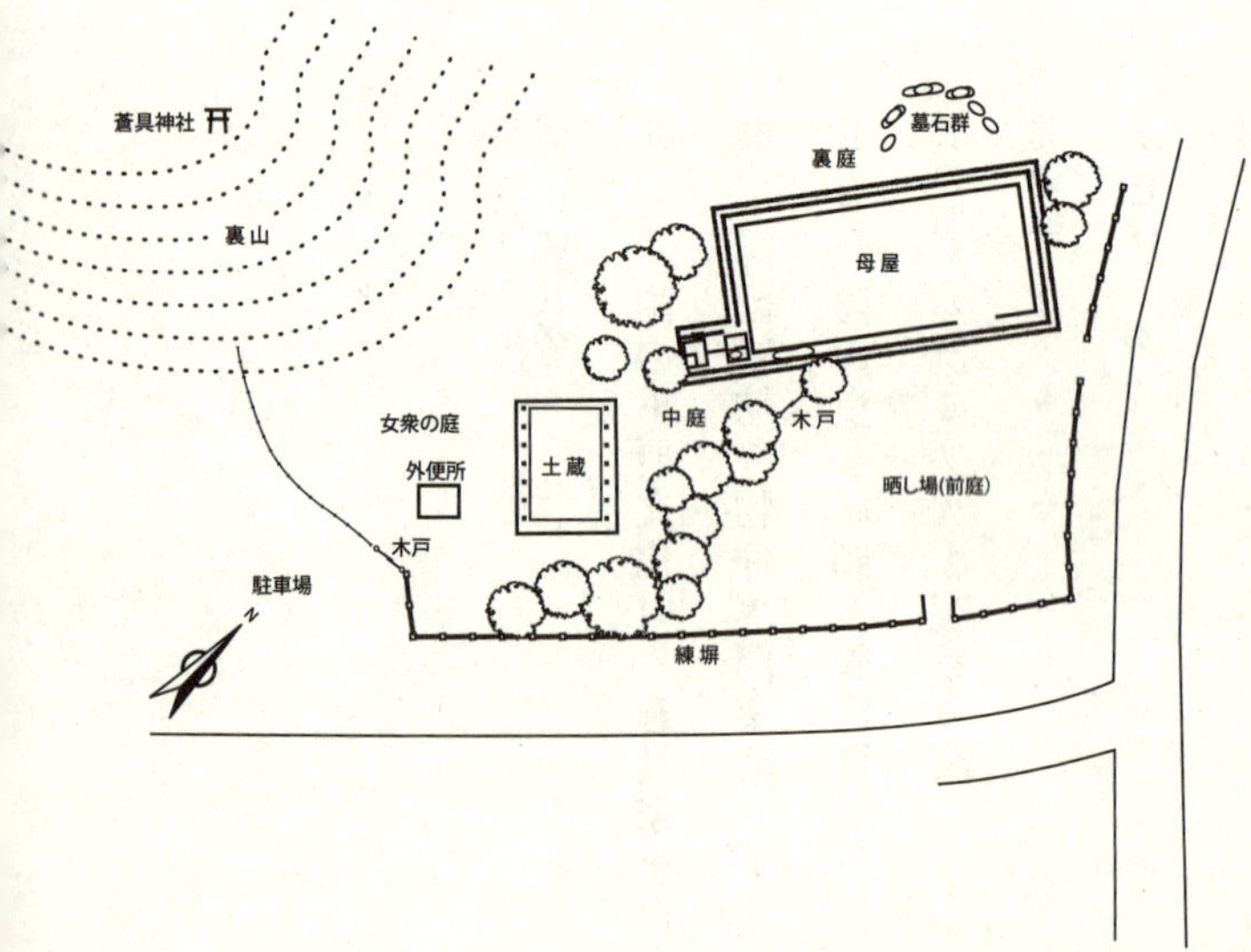

蒼具《あおぐ》家見取り図

鬼の蔵

よろず建物因縁帳

プロローグ

執拗《しつよう》な雨が軒下《のきした》に幾本も筋をひく。水っぽい空気と、こもったような薄暗さ。見える景色は違っても、篠突《しのつ》く雨は生まれ育った蒼具《あおぐ》の郷《さと》を思い出させる。しとどに濡《ぬ》れる銀の檻《おり》、山肌に折り重なる緑が水煙の奥に揺《ゆ》れ霞《かす》み、風は湿り、びうと鳴き、山の匂《にお》いが染《し》みこんで、総《すべ》てが杜《もり》に溶け込んでしまうかのような。

辛《つら》すぎて窓を閉め、カーテンも閉め、振り返った室内が暗すぎて、慌ててまたカーテンを開けた。その手がこれほど皺《しわ》びたことに驚きながらも、止めどなく湧《わ》き出す記憶ばかりが、いっそ鮮やかだ。

あれからずいぶん年月が過ぎた。思い出すことも、考えることも封印し、懸命に生きてきたけれど……生きてきた時間より死に向かう時間のほうが近しくなると、今さらのように興味は募《つの》る。

あれはいったい、何だったのかと。

「由紀夫《ゆきお》ちゃん」

思い出すのは兄のこと。

曇りガラスに呼ばうのは、いつのまにか老いた自分だ。

あれはいったい何だったのか。蒼具の蔵で見たものは。蒼具の蔵で起こったことは。

雨の向こうに蘇《よみがえ》る古い土蔵の饐《す》えた臭いと、埃《ほこり》を転がす山の風。蜩《ひぐらし》の声と湿った暗さ、肺に染みこむ血の臭い。

——もーう、いーい、かーい——

当時、私は七歳だった。

七歳の夏休み。町の高校へ行ってしまった由紀夫ちゃんが、休みで帰っていたのだから。だからやっぱり、あれはやっぱり、盆のさなかの出来事だった。

蒼具の盆は八月十日に始まって、十六日の深夜に終わる。

十日、敷地外《しきちはず》れの裏山にある蒼具神社を掃除して、十一日、供え物をして火を灯《とも》し、土蔵の扉が開かれて、大人たちがカミガエシをする。

十二日、先祖の墓を掃除して、十三日、祭壇を設《しつら》えて祖霊を迎え、十六日、送り盆の晩に祖霊を送る。土蔵の扉が閉じられて、蒼具神社に灯る火を、裏山から下ろして川に捨てて、蒼具の盆は終わるのだ。

その間七日、隠れ鬼を厳しく禁じる。謂《いわ》れは知らない。理由も知らずにいられたら、故郷を逃げ出すこともなかったろう。

禁忌を破って隠れ鬼をしようと言い出したのは、由紀夫ちゃんだった。

(隠れ鬼がなぜ剣呑《けんのん》なのか確かめよう。何も起きるはずないと思うよ。そして何も起こら

なかったら、こんな迷信はぼくの代で終わらせる。土蔵も壊す。気味が悪いから)

秘密めいた仕草《しぐさ》でそう言ったとき、由紀夫ちゃんは楽しげで、私も胸がときめいた。大好きな兄と二人だけの秘密を共有できると思ったのだ。

(蒼具の家は古臭い。辛気《しんき》くさくてやりきれない。村を出てみてわかったんだ。盆にカミガエシをやる家なんか、町には一軒もないんだぜ)

間近に北アルプスを望む山深い郷。折り重なる山のわずかな平地に、集落がへばりついているような村だった。私たちの家はそこにあり、広い晒し場《さらば》、鄙《ひな》びた母屋《おもや》、土蔵と、山と、みっつの庭を持っていた。庭のひとつは菊だけが植わり、血のように朱《あか》い風車《かざぐるま》が、いつもカラカラ回っていた。由紀夫ちゃんが気味悪がった土蔵はその庭にあり、屋敷神《やしきがみ》が棲《す》むといわれた。カミガエシの間だけ、裏山へのぼる神だった。

篠突く雨の後ろには、あの裏山が霞む気がする。鬱蒼《うっそう》とした細道に、十王堂だの、庚申《こうしん》塔《とう》だの、馬頭観音、ハヤリガミ、地蔵堂にお稲荷《いなり》さん、それからもっと……わけのわからない石仏や祠《ほこら》が、捨てられたみたいに散らばっていた。頭上にかかる木の鳥居。古い神社の寂《さび》れた様子が薄気味悪くて、思い出すたび、ぞっとする。

雨が降る、雨が降る。地面はたちまち泥になり、大勢の足が入り乱れ、誰かが叫び、母が泣き、酷《ひど》い土砂降りのその中で、戸板の筵《むしろ》が地面に落ちる。

由紀夫ちゃんはあの山で、夏の終わりに死んだのだ。

——もう、いーい、かーい——

呼ぶ声が、今でも遠くに聞こえる気がする。あれは本当にあったことか。それとも禁忌を破った罪悪感が生む、刹那《せつな》の幻だったのか。

大人たちがカミガエシに出かけた盆の宵、私は土蔵の二階に隠れていた。埃まみれの長持と、黄ばんだ新聞紙の隙間《すきま》に挟まり、両膝《りょうひざ》を抱《かか》えてうずくまっていた。外には蟬時雨《せみしぐれ》が降っていて、折り畳んだ膝の先に明かり取りの格子の影が落ち、風に押された埃の玉が、夕陽《ゆうひ》に赤く揺れていた。

——まーだ、だ、よー——

ドキドキしながら私は答えた。禁忌を犯す罪悪感と高揚感《こうようかん》。何が起きるか起きないか。それとも何かが変わるのか。全身を粟立《あわだ》てながらも、由紀夫ちゃんと秘密を共有することで、大人になれた気分もあった。

——もぉーう、いぃーいー、かぁーい……——

次に呼ばわるその声は、ずいぶん遠くで聞こえた気がして、私は急に不安になった。目だけを外に向けていたのは、土蔵の暗さと、饐えた臭いが怖かったからだ。見つかってしまうのは厭《いや》だけど、由紀夫ちゃんが遠くにいるのはもっと厭。私も大声で呼ばわった。

——もーう、いーい、よー——

その瞬間、ビシッ！　と音が鳴るようにして、あたりの空気が一気に凍《こお》った。蟬時雨は消え、吐息さえ白くなるほど空気が冷えて、みっしりこもった濃密な気配が、毛穴を押し開けて躙《にじ》り入ってきた。

誰の声も聞こえない。夏なのに、どうしてこんなに寒いのだろう。

不味《まず》いことになった。泣きべそをかいて逃げ出したくても、恐怖が募って動けない。どこかで、『パタン』と、音がする。それから、『ずるり』と、何かが動いた。

闇《やみ》にも白い自分の息に気が付いて、私は両手を口にやり、必死の思いで呼吸を止めた。陽は陰《かげ》り、格子の影も薄くなり、埃の玉はぴくとも動かず、すべてが止まったようだった。針を刺すような空気の痛み。それなのに。

ずるり。それから、パタン。ずるり……パタン。

土蔵の奥から音が来る。甘ったるいような、胸が悪くなるような、腐臭《ふしゅう》があたりにこもり始める。ずるり……パタン。ずるり……パタン……やってくる。

逃げ場のなさに涙が溢《あふ》れた。見つかったら終わりだと、幼い本能が叫んでいた。重ねた両手に力を込めて、鼻と口を必死に覆《おお》う。背中は壁に、両脇《りょうわき》は長持と古新聞に守られていても、無造作に畳んだ足の前には何もない。消えてしまいたいと本気で願い、けれど一ミリも動けない。ずるり……ついに音は迫ってきて、そして私は、あれを見た。

血まみれの足だった。と、思う。

現世《うつしょ》のモノのように鮮明で、うずくまる私の目の前を、あまりにゆっくり通りかかった。血と垢《あか》と土で薄汚れ、青白く血管の浮いた裸の足に、千切《ちぎ》れかけた五本の指が勝手な方角を向いてくっついていた。上手に床を踏みしめられず、ずるり、パタンと擦《こす》って進む。あまりに痩《や》せた足だった。見たこともない足だった。踝《くるぶし》の骨の異様さに、私は顔を上げることもできず、なのに見るのをやめられない。床に血の筋を引きながら、通り過ぎかけて、それは止まった。だめだ、見つかる。ぎゅっと両目を瞑《つぶ》ったとき、

「こっち!」と、由紀夫ちゃんの声がして、

——みぃー……い……つぅけ……たぁー……——

とたんに激しい風が吹き、頭上で雷鳴が轟《とどろ》いた。

気温は戻り、叩《たた》きつけるように雨が降り、埃が床を飛ばされていった。

私たちはその日のことを、誰にも、ひと言も喋《しゃべ》らなかった。隠れ鬼をしたことも、互いに何を見たかさえ、話し合うことをしなかった。もし、由紀夫ちゃんもあれを見たなら、私たちは禁忌の理由を知ったのだ。けれど夢だと思いたかった。それはあまりに怖すぎるから。

由紀夫ちゃんは学校へ戻り、日常が返ってきた。おぞましい出来事を夢幻《ゆめまぼろし》と決着させて、忘れかけていた八月の末。私に一通の手紙が届いた。

『前略　美子《よしこ》様

そちらはみんな元気でいますか。変わりなくぼくも元気です。

それで、あのことなんだけど。美子が怖がっているのじゃないかと、少し心配しています。あれからぼくなりにいろいろ調べて、少しだけわかったことがありました。みんなに秘密でしたことだから、美子にお願いするのですが……』

用件は古いアルバムを持ち出してほしいというものだった。持ち出して、裏山の神社へ届けてほしい。何月何日《いついっか》の何時頃《いつごろ》に、由紀夫ちゃんはそこで待つという。そして、くれぐれもこのことは、内緒にするよう書かれてあった。

約束の日。私は独《ひと》りで裏山へ向かった。丸太で組まれた急な階段、雑木の合間に続く細道に、石仏や石碑が鎮座《ちんざ》する。夏の終わりで木々は萎《な》え、風がびうびう鳴いていた。透き通って心細い蜩の声。カミガエシで灯した蠟燭《ろうそく》が道の随所にしな垂れて、草藪《くさやぶ》の陰から人ならぬものに突然足を摑《つか》まれるようだ。

「由紀夫ちゃーん」

呼んでも兄は答えない。

「由紀夫ちゃーん、美子だよ。アルバム持ってきた。由紀夫ちゃーん、いるんでしょ？」

頭上の木々へ呼ばわると、傾《かし》いだ鳥居が迫って見えた。

梢《こずえ》を揺らして烏《からす》が飛び立ち、枯れ葉が顔に降りかかる。大好きな兄に会えると思えばこそ、勇んで山に来たものの、答えのなさに足がすくんで、そこから一歩も歩けなくなった。

神社まではあと数歩。由紀夫ちゃんは、まだ来ていないのだろうか。裏山は昼でも暗くて、独りでいるのは怖すぎる。

アルバムを抱いて地面にしゃがみ、そして私は、白い封筒が落ちているのを見つけた。拾い上げて、ふと、あの臭いを嗅《か》いだ気がした。隠れ鬼をしたときに土蔵で嗅いだ臭いにも似て、それよりずっと生々しい。縊《くび》られた獣が腐れたような、それに吐瀉《としゃ》物がまじったような。

びいいう！　と、激しく風が鳴き、梢が割れて、空が光った。雨の匂いが立ちこめて、雷の音が轟いた。私は恐怖で耳を塞《ふさ》ぎ、尻餅《しりもち》をついて後ずさり、悲鳴を上げて山を下った。あのとき全身を貫《つらぬ》いた激情が何だったのか、説明するのは難しい。見てもいないのに、わかってしまった。進めなかった数歩先に、何があるかを私は悟った。山土に滑《すべ》り、幾度も転び、それでも私は止まらなかった。

女衆《おんなしゅ》の庭を走り抜け、土蔵、中庭、晒し場に出て、私は母屋に飛び込むと、狂ったように家人を呼んだ。

「おまんら、まさか、あれをやったんか！」

白状してもいないのに、囲炉裏端《いろりばた》にいた爺《じい》ちゃんが、嚙《か》み付くようにそう訊《き》いた。どう答えたのか、覚えていない。婆《ばあ》ちゃんが来て、母ちゃんが来て、野良に出ていた父ちゃんを呼んだ。叔父《おじ》が来て、叔母《おば》が来て、従兄弟《いとこ》が来て、村のみんなが集まって、裏山へ駆け登り……

やがて酷い豪雨の中を、筵にくるんで戸板に載せた、骸《むくろ》と一緒に下りてきた。

「美子は向こうへ行ってろや!」

険《けわ》しい顔で父が叱《しか》った。

「由紀夫、なんでだ、なんでだよぉぉぉぉぉぉ」

母が半狂乱で戸板に突進していったとき、筵が落ちて、遺体が見えた。

鼻から上は、きれいな顔の由紀夫ちゃん。見開かれた眼が雨に濡れ、激しく泣いているようだった。鼻から下はぐちゃぐちゃで、泥と血糊《ちのり》にまみれていて、両の手足も血まみれで、全部の指が折れていて……

ああ、そうか。隠れ鬼のとき土蔵で見たのは、あれは由紀夫ちゃんの足だったのだと、なぜだか私は、そう悟った。

其の一

国の重要文化財　蒼具家土戸《つちど》

打ち合わせ用テーブルに広げられた図面には、駐車場や、併設する公園、建築物など、敷地平面図が描かれている。

（ざっと一千二百万円）

図面のスケールから事業の規模を想定し、高沢春菜《たかざわはな》は、売上金額を試算した。

市街地から車で一時間ほどの山間部に、「道の駅」を新設する計画が持ち上がり、春菜は設計士の長坂《ながさか》に呼ばれて彼の事務所を訪れていた。長坂によると、建築予定地は庄屋《しょうや》の屋敷跡地だという。広大な敷地が村に寄贈されたため、高齢化が進む周辺地域の活性化に役立てるという条件で、助成金が下りたのだ。

「でね。地元木材をふんだんに使った設計プランを立ててほしいってのが、役場の意向なんだよね」

長坂は四角い顔の真ん中で、大きな目玉をギョロギョロさせた。

図面に視線を注いだままで、春菜は頭をフル回転させる。長坂の言葉の端々《はしばし》に、駆け引きを感じるからだった。

地元木材を使うというなら、施工業者も地元から選ばれるに違いない。その場合、村内に籍を置かない春菜の会社は弾《はじ》かれる。仕事の巾《はば》が狭められ、大きな売り上げは見込めない。春菜はさっきから取っていた前傾姿勢をやめて、体を起こした。

高沢春菜は大手広告代理店アーキテクツの営業担当だ。彼女が所属する部署は、道の駅などの商業施設よりも、文学館や資料館など博物館の展示プロデュースを専門としている。だが、長坂はいつも商業施設の担当者ではなく、春菜を名指しで呼びつける。

本人は、『春菜ちゃんが仕事を覚えるのを応援しているんだよ』と言うけれど、本当の理由を、春菜はもう知っている。

広告代理店の営業が売るのは品物ではなく、アイデアと見栄えを含んだトータルプランだ。設計士と建築業者の間に入って、サインコーディネートから施工プランまで、施設全般の監理を行うが、その営業は難しく、しっかり打ち合わせができないと、設計士の使い走りで終わってしまう。物件が売り上げに結びつくかどうかは駆け引きによる部分も大きい。入社四年目の春菜は独り立ちを求められる頃で、一億を超えるノルマを課せられている。そのため、新規施設の建築に関わるプロジェクトは魅力的で、なんとしても計画に携《たずさ》わりたいというのが本音であった。その相手が、『出し抜きの長坂』と異名を持つ、癖《くせ》の強い設計事務所の所長であっても。

〈気をつけて交渉しないと、アイデアだけを盗まれて、工事は地元業者に持っていかれ、使いっ走りで終わる可能性があるってことだわ。その場合の売上試算は、いいところ三百万から、百万円以下もありえるコース……）

春菜は心でため息をついた。売上金額が低い場合も仕事にかかる労力は同じだ。大きな器を見せられて喜んでいたら、中身が空っぽだったというのはよくある話だ。特にこの長坂の場合、プランとアイデアだけ散々出させて、知らん顔されたことが何回もある。

思案げな春菜の顔には気づかぬふりで、長坂は敷地図面に別の図面をかぶせて広げた。

「これ、建物の平面図ね。悪いけど、キープラン立ててくれないかな？　もちろん見積りも添付して。屋内と屋外、両方やってほしいんだなあ」

キープランとは、施設にどんな案内や表示が必要で、それをどのような素材で何個作り、どう取り付けて、どのくらいの費用が必要かという総合試算提案書のことである。駐車場や公園などの周辺施設まで総合プロデュースするとなると、相応の労力を要する仕事だ。

「長坂所長は、サイン関係なども木材を使ったプランをお望みですか？　キープランを立てるにあたり、道の駅のコンセプトを教えてください」

「あー……まあ、そうねぇー」

長坂は曖昧《あいまい》に首を傾けながら、

「そこらへんも適当に頼むよ。任せるから、何種類か出してみてよ」

と、愛想笑いで目を逸《そ》らした。

（やっぱりね。全部こっちにお任せで、自分は何も考えてないのね）

心の中で呟《つぶや》いて、春菜は大きく息を吸い込んだ。長坂は最初からキープランの作成費用を支払うつもりはないらしい。

新規物件の建築計画が持ち上がると、事前に予算の計上が必要になる。その金額をはじき出すためには、施設の概要をシミュレーションする必要がある。設計やコンセプト、キープランなど、様々な試算が必要になるのだが、それをしたからといって、実際に建築計画に携われるかというとそれはまた別の話で、案件に参加できる可能性を示唆《しさ》しているというだけに過ぎない。

仕事が取れたらお宅に出すから。

これが長坂の常套句《じょうとうく》だが、彼が関わる案件で仕事が取れた例しがない。

彼は熱意ある新人の営業を名指しして使い倒し、彼らが心折れて業界を去ると、また次の新人に声をかける。春菜も連戦連敗の煮え湯を飲まされ続けているのだが、大プロジェクトをせしめて溜飲《りゅういん》を下げるまではと、闘う気力で営業に来ている。

「適当にって、先生は簡単に仰《おっしゃ》いますけど、コンセプトも決まっていないのでは、アプローチの仕方がわかりません。プランの出しようもないじゃないですか」

「まあまあ、だからそのへんも適当にさ」

長坂は唇《くちびる》の両端をめくり上げるようにして笑った。

（手抜きもいい加減にしてちょうだい）

と、春菜は言いたい。あまりのいい加減さに眉間《みけん》のあたりがピクピクしたが、仕事を取るまでは堪《こら》えろと自分自身に言い聞かせ、吸った空気をゆっくり吐いた。「適当に」できる仕事など、世の中にない。キープランは、デザイナーに画を描かせ、それを製作に見積もらせ、材料や手配の算段が必要な、とても大変な仕事なのだ。そのためにアーキテクツがいくら支払うか、知らないとは言わせない。

「大した施設でもないからさ、サクサクッといけるよね？」

春菜が無言のままなので、長坂は、「ハナちゃぁん」と、媚《こ》びるような声を出した。

「頼むよ。ウチとアーキテクツさんの仲じゃない。来週設計会議があってさぁ、役場にプランを提出しなきゃなんだよねぇ」

（御社とはまだ、どんな仲にもなってません）

春菜は無言で手帳を取り出し、眉間に縦皺《たてじわ》を刻んで見せた。

（……強《し》いて言うなら、利用されているだけの仲なんですけど）

ここが駆け引きの正念場だ。春菜は自分にそう言った。

タダ仕事ばかりしてしまったから、長坂にすっかり舐《な》められている。そろそろ回収へ転じなければ、私に対する会社の評価が下がるし、何より低予算でデザインや見積もりを引き受けてくれた業者さんたちに申し訳が立たない。春菜はこれ見よがしにため息をついたが、ふてぶてしい長坂は素知らぬ顔で立ち上がった。

（うわ、何よ）

長坂にはどんな想いも通用しないのではと不安になって、春菜は心が折れそうだった。これ以上彼に付き合うよりは、潔く一線を引いて、縁を切るのが利口なのかもしれない。でもそうしたら、彼のせいで業界を去った仲間たちに申し訳ない。でも……

（決めた。こんな仕事断ってやる。タイトな納期に泣きながら、自分でキープランを作るがいいわ）

春菜が顔を上げたとき、長坂のスマホが音を立てて震え出した。

「はい。長坂建築設計事務所」

気取った声で電話に出た長坂は、

「えええっ？　本当ですか。なんでまた……」

とたんに情けない声になり、慌てて春菜に背中を向けた。春菜は耳を欹《そばだ》てた。

その前で、長坂はしきりに尻を掻《か》く。困った事態が起きたときの癖だった。

いい気味、と思いつつ、春菜は図面を引き寄せた。建築予定地は幹線道路の分岐点にある。道路の反対側に川があるため、有効面積は山側にしかなく、その方向へ敷地を広げる計画だ。取り壊し予定の屋敷は、敷地が約四百坪。母屋、納屋《なや》、土蔵、外便所、前庭《まえにわ》、中庭、裏庭がふたつと、裏山がある。計画では裏山以外のすべてを更地にして駐車場などを整備、裏山まで取り込んで、地場産市場《じばさんいちば》と道の駅が新築されることになっていた。

最低ランクでも数十億円はかかる工事であり、総合プロデュースに加えてサイン工事一式を受注できれば、大口物件となる美味《おい》しい仕事ではあった。

「でも、長坂所長の場合、結局タダ働きになるのよね……」

春菜が思わず呟いたとき、

「春菜ちゃんさーぁ」

スマホを切った長坂が、両目を細めて振り向いた。口は思いきり笑っているのに、眼差《まなざ》しの切羽詰《せっぱつ》まった感が尋常でない。思わず体を引きながら、春菜も負けじと微笑《ほほえ》み返した。

「なんでしょう」

「ゆゆしき問題が起きちゃってね」

長坂は椅子《いす》にかけ、足で床を蹴《け》りながら春菜の隣へ寄ってきた。

「マズいことになったんだ。土蔵の取り壊しが、できなくなった」

「それはどういう意味ですか？」

「今の電話だよ。土蔵から文化財が出ちゃったってさ」

長坂は、「くそ、参ったなあ」と頭を掻いて、敷地図面を引き寄せた。

「取り壊し予定の蒼具家は、三百年以上の歴史を持つ庄屋でさ、建築廃材にけっこうな値が……」

コホン。と、長坂は咳払《せきばら》いして、

「まあ、そんなこんなで事前調査したところが……ここ」

と、図面の一角を指で叩いた。

「この土蔵から、奇妙な物が見つかってね」

「奇妙な物って、何ですか？」

「ただの文字なんだけど。迷惑な話だよな、まったく。こうなる前に、さっさと壊しちまえばよかったんだよ」

「先生。お話の意味がわからないんですけれど」

長坂はため息をついてから、テーブルに両肘《りょうひじ》をついて春菜を見上げた。

「この蒼具家っていうのはさ、同一家族が住み続けてきた旧家だから、家系図なんかの歴史的資料が残されていて、もともと民俗学者が注目していたのよ。住んでた爺さんが死んだ後、遺族が相続を放棄して、屋敷を村へ寄贈したんだけど。その民俗学者がさ、取り壊し前に調査したいと言ってきてね……いやさ、母屋は一度火事に遭っていて、それほど古くはないんだよ。だからと甘く見ていたら、まさか土蔵が文化財対象だったとは」

「はあ」

「つまり、土蔵は残さなきゃならない。しかも敷地のど真ん中に立っている。もうさ、敷地図面を引いちゃったんだよ？　参ったよ」

長坂は俯《うつむ》いて首の後ろを掻いていたが、わざとらしく顔を上げて、ニタリと笑った。

「そうだ、春菜ちゃん。土蔵の移築を含めたさ、展示プランをやらないかい？　君、そういうの得意だよねえ」

「そういうのとは？」

「歴史展示館とか民俗資料館とかさ、そういう仕事、得意だよね」

「むしろ、そちらのほうがスペシャリストなんですけれど」

長坂は二度、うんうんと頷《うなず》いた。パグみたいな顔だと春菜は思った。

「そしたらさ、この土蔵を民俗資料館として保存するのはどうだろう？　そうすれば、春菜ちゃんの仕事になるだろう？」

「民俗資料館。本当ですか？」

「ほんとほんと。どうせ問題の文字を展示保存する予定だし、民俗資料館となれば地元業者の手には負えないから、君の会社の出番ってことだ。移築、修復、展示企画、パンフレットにホームページ、施設全般の監修もアーキテクツさんが手がけられるように、ぼくから役所へプッシュしておくし」

（よし、五千万！）

昂揚《こうよう》で躍り上がりたいのを我慢して、春菜は拳《こぶし》を握りしめた。

「だから」

「もちろんやらせていただきます！」

椅子を蹴って立ち上がり、長坂の気が変わらないうちに図面をまとめる。

民俗資料館建築総体のプロデュースは、それなりに大きなプロジェクトだ。これは神さまのご褒美《ほうび》に違いないと、春菜は思った。神さまがいるか、わからないけど。

「すぐプランに取りかかります。それと、それにつけても現場を見ておきたいのですが」

長坂は尻ポケットから名刺入れを出して、名刺を抜いた。

「これ、民俗学者の小林《こばやし》教授。この人が文化庁へ出す申請資料をとりまとめた代表者だから。問題の文字は土蔵の防火扉で見つかったんだけど、土戸《つちど》で劣化が激しいから、修復保存は慎重に頼むよ。教授の意向は土戸本来の形状を残したまま、アクリル樹脂かなんかで中を見せつつ保存するのがご希望だって」

長坂の尻で温まった名刺を、春菜はありがたく受け取った。

「え？　文字は扉に書かれているんですか？　柱とか、板ではなくて」

「そ。巨大な土戸の内側に、二メートル近い『鬼』って文字がね、これがまた……いや」

「『鬼』ですか？」

「うんうん。とにかく、いろいろ全部任せるからさ。サクッとよろしく。それじゃまた」

満面に笑みを貼《は》り付けたまま、長坂は勝手に打ち合わせ室のドアを開け、春菜を外へ押し出した。

カナカナカナ……と、山が鳴く。虫の声とも鳥の声とも判断がつかないその音は、山全体が鳴くかのように響いてやまない。鬱蒼とした樹木のせいで、真夏というのに風は湿って、涼しいというより肌寒く、草いきれが肺の深部に染みこんでくる。

(さすがに、こんな山の中とは思わなかったわ)

長坂と別れてすぐに、春菜は民俗学者の小林教授に連絡してみた。その結果、直接現地へ来るよう言われ、車で蒼具村までやってきたのだ。路側帯に車を止めて屋敷のそばに降り立てば、下は尖《とが》った砂利土で、リボ払いで買った新品のヒールが心配になる。

(砂利で踵《かかと》がいたんじゃうなあ)

お気に入りの靴を見下ろして、どうしようかと春菜はため息をついた。小林教授は土蔵で調査しているとのことだったが、屋敷は長い練塀《ねりべい》で囲まれており、門までが遠かった。道路を挟んだ向こうが川で、川の後ろはまた山だ。こんな場所に道の駅を造っても、どれほどの集客が見込めるだろう。肺に突き通る太陽の匂い、それを緩和する緑の香り。春菜は大きく深呼吸して、また、靴を見下ろした。

「五千万の仕事だもん、仕方がないわ。しかもあの長坂所長が、初めて我が社に仕事を出すのよ」

自分自身に活を入れ、つま先立ちで歩き出す。

代々庄屋を務めてきたといわれる蒼具家は、寒村にありながら佇《たたず》まいに威厳《いげん》があって、春菜が知る田舎《いなか》の旧家とはどこかが違った。お婆ちゃんの家に来たような親しげな印象はまったくなくて、取り付き難《がた》い雰囲気とでもいえばいいのか。凜《りん》とした空気の中を歩くとしばし、練塀の途切れたところに門があり、中はだだっ広い庭だった。

「なんなの？　ここ」

立ち止まって、春菜は呟いた。塀に沿って歩いてきたとき、漠然とではあるが、中には小綺麗《こぎれい》な庭があるのだろうと想像していた。けれども実際目にした庭は、ローラーで均《なら》したような、あまりに真っ平らな地面だった。樹木もなければ庭石もなくて、亜麻色の土に太陽が照り返し、初めて暑さを感じたほどだ。

門扉《もんぴ》を押し開け、敷地に入る。

平らな庭の奥には簡素な平屋の母屋があって、茅葺《かやぶ》き屋根に土の壁、玄関はガラスのない木の大戸。窓らしい窓もなく、縁側の雨戸が閉《た》て切られ、人の住む気配はなかった。軒下で雨ざらしになっている時代がかったザルや筵に、春菜はタイムスリップしたような気持ちになった。

長坂の話では、母屋は大して古くないということだった。土蔵の三百年と比べればそうかもしれないが、母屋だって百年以上は経《た》っていそうだ。軒の日陰に身を寄せて、春菜はあたりを見回した。

だだっ広い庭の片隅《かたすみ》に、生け垣を巡らせた庭がもうひとつある。タブレットPCで敷地図面を確認すると、蒼具家には四つの庭があるようだ。

母屋の前の一番大きな庭がこの庭で、母屋の裏にも庭がある。中庭には樹木の表記がされており、庭園のような造りに思える。そして中庭のそのまた奥に、同じ規模の庭が表記されていた。

「どうして庭が四つもあるの？」

春菜には理由がわからない。

件《くだん》の土蔵は敷地のど真ん中にあると聞いたので、春菜は中庭まで歩いていった。思ったとおり、そこは和風の庭園だった。

春菜はタブレットPCに屋敷の様子をメモしようとして、やめた。どうせ土蔵以外のすべては取り壊されてしまうのだ。更地になるのに現状をメモする必要はない。

傾いだ木戸を押し開けて中庭に入ると、見えない水に浸されたように、ひやりと冷気が踝を刺した。冷凍庫から漏れ出すような、不自然に冷たい風だった。木が植えられているのと、いないのと、体感温度はこれほど違うものだろうか。ききぃーっと耳障《みみざわ》りな音を立て、後ろで庭木戸が閉じたとき、春菜は無意識に自分の腕をさすっていた。

中庭は薄暗かった。空気が湿って不自然に重く、手入れを怠った樹木が好き放題に乱れ伸び、歩いていると、突然、顔に蜘蛛《くも》の巣《す》が貼り付いてくる。雨後のように庭石は濡れ、下草はそよとも動かず、蟬時雨もやんでしまった。

枝の隙間に見える母屋は廃墟《はいきょ》のようで生気がなく、絡みつく蜘蛛の糸をつまみ取りながら、そろりそろりと進む自分が、まるで肝試しをしているようだ。さほど広い庭でもないのに、樹《き》が茂りすぎて視界が悪く、苔《こけ》の匂いがまつわりついてくる。飛び石を頼りに進んでいくと、奥で下草がガサガサ動いた。

熊《くま》か、狸《たぬき》か、ぎょっと息を潜《ひそ》めた春菜は、庭木の奥に奇妙なものを見た。細竹《ほそだけ》の笹藪《ささやぶ》が大きく揺れて、真っ白な髪を振り乱した何かが、這《は》うようなスピードで横切っていくのだ。樹木の切れ間に見えたのは白衣蓬髪《はくいほうはつ》の老婆で、あっと思う間にどこかへ消えた。

あれは人か、幽霊か、そう思って春菜は後ずさり、下草に隠れた固い何かにつまずいた。振り向けば小さな石の地蔵菩薩《じぞうぼさつ》で、首から上がスッパリなかった。

「何よもう……」

落ちた首を探してみたが、見つからない。体全体が苔生《こけむ》しているので、かなり昔になくなったのだろう。

ぽちゃん。

どこかで水の音がする。振り向けば縁側の沓石《くついし》に並ぶ瀬戸物稲荷と目が合って、春菜は慌てて先を急いだ。寂れた庭の濃密な気配に腕が粟立つ。ここはおまえの来るところではない。なぜなのか、庭にそう言われた気分だった。

絡み合う枝葉の奥に太陽の光が透けている。ほっと胸をなで下ろしたのも束《つか》の間《ま》、そこに土蔵を見たとたん、鳥肌はたちまち全身に及び、春菜は一歩も動けなくなった。

土蔵の壁が真夏の陽射しに照らされている。片や春菜のいる中庭は湿って不気味に薄暗い。ヤブ蚊がいそうな場所なのに、痺《しび》れるほどの寒気に襲われ、動けないのだ。この感覚はなんなのか。立ったまま考えて、春菜はようやく気が付いた。怖い。あの土蔵は怖いような、気がするのだ。

土蔵の前には作業員ふうの男が二人立っており、深刻な顔で何事か話し込んでいる。彼らの姿に勇気をもらい、思いきって中庭を抜け出すと、山は再び鳴き出して、風も気温も戻っていた。いったい何に怯《おび》えていたのか、春菜は自分が恥ずかしくなった。

「え……と、あの」

指先に絡んだ蜘蛛の巣を、ガウチョパンツの尻でこっそり拭《ぬぐ》う。

「わたくし、株式会社アーキテクツの高沢と申します。こちらに民俗学者の小林教授がおいでと聞いて、伺ったのですが」

作業員の胸ポケットには、『蒼具』と刺繍《ししゅう》がされている。さては役場の関係者かと、春菜は手櫛《てぐし》で髪を整え、二人に名刺を差し出した。首のタオルで汗を拭《ふ》きつつ、年配の一人が土蔵のほうへ顎《あご》をしゃくる。

「小林先生なら中だわね。せーんせー、小林先生、お客さんだが」

土蔵の扉は開け放たれて、入り口に清酒と盛り塩があり、注連縄《しめなわ》がバリケードのように巡らされている。その有り様は、事件現場の黄色いテープを思わせた。土蔵へ上がる切り石の階段にも盛り塩があるのを見て、大袈裟《おおげさ》で不思議な光景だと春菜は思った。

「せーんせー」

ややあって、注連縄の奥から白髪頭の小さな男が顔を出した。よれよれのズボンに灰色のシャツ、髪の毛は埃まみれで、首に手拭いを結んでいる。

「小林センセ、こっちのきれいなお嬢さんがね、先生に用があるそうで」

春菜は土蔵に歩み寄って名刺を渡そうとしたが、教授は、

「まあまあ」

と言いながら、ゆっくり外へ下りてきた。

作業員ふうの二人はやはり蒼具村役場の職員で、年配のほうが道の駅建設の担当課長、若いほうがその部下ということだった。名刺交換を済ませると、視線が行き渡るよう配慮しながら、春菜ははっきり用件を伝えた。初見では、自分を仕事のできる女と感じてもらう必要があるのだ。

「長坂建築設計事務所の長坂所長に言われて参りました。重要文化財の土戸ごと、土蔵も

保管展示されるそうですが、一帯が道の駅になる関係上、敷地の真ん中にある土蔵は、移転させる必要があるとのことでした。ですから」

「まあ、そうなんだがヤ……」

担当課長は言葉を濁《にご》すと、鼻の頭を掻きながら土蔵の中へ視線を向けた。春菜もつられて目をやった。気が付けば、暗がりに背の高い男が立っている。

年齢は三十代半《なか》ば。無精髭《ぶしょうひげ》を生《は》やしてはいるが、日焼けした顔は精悍《せいかん》で、目鼻立ちも整っている。両腕を組んだまま値踏みするような目でこちらを見るので、春菜はニコリと愛想笑いして、彼にも名刺を差し出したが、男は頭に巻いたタオルも脱がず、自分の名刺を返そうともしなかった。注連縄の奥から手だけ伸ばして春菜の名刺を指先でつまみ、確認もせずに胸ポケットへ入れる。

(何、この男)

春菜は心で悪態《あくたい》をついた。

「たかざわハルナさんですかねぇ。いや、お呼び立てしてすみませんでしたね。電話を受けたときはよもや、こんなお若いお嬢さんとは思いもしませんで。土蔵を移転しなきゃならないことは、私たちもわかっていますよ。わかっては、いるんですがねぇ」

名刺を確認しながら、小林教授は優しげな目をしょぼしょぼさせた。

「よく間違われるんですけど、ハルナではなく、ハナ。ハナといいます。社内では博物館関係の展示プランを担当しておりまして、先《ま》ずは現場を確認させていただいた上で、調査と保存計画のお話をさせていただければと」

勇む春菜に片手を上げて、「まあまあ」と、教授は言った。

「保存はもちろんですけれど、それより前に、問題がね」

「は？　と、申しますのは？」

一陣の風が吹き抜けて、カラカラカラ……と、何かが一斉に鳴り出した。枯れ葉のような乾いた音に、微《かす》かな泣き声がまじって聞こえる。春菜は思わず風を仰いだ。遠く悲しげな泣き声に、胸騒ぎがする。

「あれ……って、何の泣き声かしら？」

話の流れを断ち切って、呟くように春菜は訊いた。

「なんですか？」と、小林教授。

「いえ……風が吹いたら、変な声が」

「ああ。あれは女衆の庭の風車ですわ。たくさんあるから、風が吹いたらカラカラ鳴ります。その音ですわ」

課長は顎でその方向を指した。

「奥に広い裏庭があるんですわ。村の女たちが菊を植えてる庭なんですが、昔は男子禁制で、ここでは女衆の庭と呼んでます」

「音というより泣き声みたいでしたけど。まるで」赤ちゃんが泣くような。

言いかけて春菜は口をつぐんだ。今聞こえるのはカラカラという音だけだ。首なし地蔵を見たせいで、泣き声のように感じたのだろうか。

「ごめんなさい。変ですね。気のせいかしら」

とたんに課長は笑顔を引っ込め、若い部下と視線を交《か》わした。

「先生。やっぱり、ここに手を付けちゃ不味いわね。裏庭に手を付けるとなれば、女衆はともかく、御婆《おんばあ》が黙っていませんよ」

「そこは私ではなく、役場のほうから説明していただかないと」

「村長が若いからだめなんですよ。助成金もほれ、使う期間が限られてるでしょ? だもんで、儂《わし》らも急がされるばっかりで、どうにもこうにもなりゃしません。あれですわ、美子さんも屋敷を村に寄贈なんて、余計なことをしてくれた。権蔵《ごんぞう》爺さんが死んだからって、御婆はまだ庭の手入れに来てますよ」

若い職員もボソリとこぼした。

「本当にここを道の駅になんて、できるんですか。ねえ、課長」

「そうかって、助成金まで下りてんだから、なんもしねえってわけにもいくまいよ」

「あの……どういうことなんでしょう」

と、春菜は訊《たず》ねた。なんだか雲行きが怪しくなってきた。長坂のことだから、特殊な事情を伏せて面倒な仕事を振ってきたとも考えられる。

「ここに道の駅ができるのを、村の皆さんは喜んでおられるのじゃないんですか？」

「そら、なーんもない村ですからね。道の駅ができて、そこで直接商売ができれば年寄りだって励《はげ》みになるし、雇用が生まれていい塩梅《あんばい》で、地場産市場と道の駅の建設は、村が請願書をずっと出してはいたんです」

「それなら」

「でも場所がねえ……建築場所が長いこと決まらんでおったのを、美子さんがここを寄付したもんで、村長が乗り気になりおって、話を進めてしまったんですわ」

話を進めてはいけなかったということなのだろうか。職員の口ごもった話し方に、深く訊けない空気を感じ、春菜はとりあえず質問を見送った。

「ま。業者さんには関係のない話です。小林センセの調査が実って、文化財の件がどうにかなるまで、もちっと時間がもらえそうだで。とにかくまあ、土蔵と一緒に女衆の庭だけでも残してやるのがいいんでないかと、儂なんかは思いますがね」

「そうですねえ」

曖昧に頭を振ってから、小林教授は仏頂面の男を振り返った。

「どう思いますね？　仙龍《せんりゅう》さん」

話を聞いていたのかいないのか、土蔵の中に立った男は腕組みしたまま答えない。自分だけが会話の外にいるようで、春菜は居心地の悪さを感じた。

「あの、つまりは庭の一部を残したいというご希望でしょうか？　それなら、庭を含めて公園にするとか……私共でも対応させていただけますけど」

「対応ねえ。そりゃすごい」

仙龍と呼ばれた男に鼻で嗤《わら》われ、不覚にも春菜はムッとした。

若い女性が現場に出ると、こうした対応は往々にしてある。特に建築がらみの現場では、女に大した仕事はできないと、端《はな》から高《たか》を括《くく》られる。だからこそ春菜は努力してキャリアを積んできたのだし、男性に負けない実績だって残してきた。

「弊社は文化財の展示保存に一定の評価をいただいています」

春菜はキッと仙龍を睨《にら》んだ。

「女だからと手加減していただかなくてけっこうですし、ご心配事があるのなら、遠慮なく仰ってください。いずれにしても、包み隠さずご相談いただくことが前提ですけどっ」

「まあまあ」

と、小林教授が割って入る。彼はメガネを外して手拭いで拭き、また鼻の頭に載せて、春菜を見た。

「高沢さんは、長坂所長からここの事情を？」

「いえ、詳しくは。土蔵で文字が見つかって、重要文化財に登録されたという話だけです。文字が土戸に描かれているので、現状保存をしながら展示できるプランを上げてほしいと言われまして。それで小林先生にお電話させていただいたんですけど」

「ほかには？」

「特には、何も」

小林教授は同情するような顔で微笑んだ。

「やっぱりそういうことでしたかねえ。あなたに申し上げるのもなんですが、長坂所長は調査の仕方がおざなりといいますか、いろいろと粗いところがありまして」

心の中で教授に賛同しながらも、春菜は、

「それは申し訳ありませんでした」

と、頭を下げた。

「私もね、本来ならば土蔵のほかにも、総て調査したいと思っていたんですけれど、長坂所長は村長と懇意の仲でして、ここが村に寄付されたとたん、話が急に進みましてね」

役場の二人が頷いている。どうやら一筋縄ではいかない物件らしいというのが、春菜にもようやくわかってきた。教授はおっとり顔を上げ、土蔵の男に声をかけた。

「ま、仙龍さん。先ずはお嬢さんに見ていただかないと、始まらないと思いますねえ」

「かまいませんよ」

腕組みしたまま仙龍は言う。

「そんなすかした格好で、どんな仕事ができると思ってここへ来たのか、俺としてはむしろ、そっちのほうに興味があります」

「す、すかした格好って」

春菜は思わず声を荒らげた。

「私だって、お電話したら突然こちらへ伺うことになったんで……言っておきますけど、現場にいつもハイヒールで来るわけじゃありません」

春菜の弁明を聞きもせず、仙龍は踵《きびす》を返して土蔵に消えた。小林教授は手拭いを外し、若い職員の上着を脱がせると、両方を春菜に渡してよこした。

「来てほしいとお願いしたのは私ですからね。これ、土蔵へ入るなら着てください。手拭いも頭に被《かぶ》って。その長いスカートは、汚れてしまうかもしれませんが」

埃だらけの手拭いと、汗臭い上着を差し出され、春菜はわずかに身を引いた。

「いえ。ご心配いただかなくても大丈夫です。服の汚れなんか気にしませんから。それにこれ、スカートじゃなくてパンツです」

「そうですか。ではご自由に」

教授は土蔵の前で春菜を招いた。

「調査のために、ここには結界が張られています。注連縄を外さないように。それから盛り塩を踏まないように。内部と外部を分けていますから、入るときはともかく、出るときは何も持ち出さないように、身を清めていただきますよ」

「はあ……」

面倒臭いことを言うと思いつつ、春菜は二人の役場職員を振り返った。が、課長は動く気がないようだし、上着を返された若いほうも、どうぞどうぞというように右手を振っただけだった。

ビジネスバッグを肩にかけ、春菜は改めて土蔵を眺《なが》めた。さっきはこれを見たとたん、全身が粟立った。正直に言うと、今も入るのが怖い気がする。それでもクライアントを前にして、怖くて入れませんとは言いたくなかった。

黄土色の壁を持つ古い土蔵は、急勾配《きゅうこうばい》の茅葺き屋根で、切り出し石の階段を二段上ったところが入り口になる。スニーカー履きの教授は苦もなく石段を上がったが、七センチヒールで高い石段を上がるのは困難だ。仕方なく春菜はヒールを脱いで、ストッキングで切り出し石を踏みつけた。注連縄の隙間から中を覗《のぞ》くと、カビと埃と饐えた臭いが鼻を衝《つ》く。内部はガランとして何もなく、ブルーシートを敷き詰めた床に、工事用ライトを括り付けた脚立が置かれているだけだった。

盛り塩、注連縄、入り口を遮断するようにまかれた清酒の跡。それらを踏みつけないよう注意して、春菜はようやく土蔵に入った。内部は気温が五度ほども低く、随所に闇がこもっている。壁の高い位置に明かり取りの窓がひとつあるほかは、壁も天井も真っ黒で、二階部分の床板から、埃をからげた蜘蛛の巣が水草のように下がっている。奥に木の階段があって、二階の入り口らしき穴につながっていた。

「ここ……どうしてこんなに寒いんですか？」

春菜は両腕を抱えて宙を仰いだ。

冷たさは、どこからか滝のように流れてくるが、天井の埃は揺れてもいない。

「クーラーですか？」

「そんなわけがあるか」

仙龍が鼻を鳴らした。

「さぁて。何からお話しすればいいですか」

小林教授は温厚な顔に笑みを浮かべて、骨張った両手を揉《も》みしだいた。

「この屋敷を所有していた蒼具家は、代々庄屋をやっていましてね」

知っていますと言いそうになるのを、堪《こら》えて春菜は頷いた。学者はシャイなタイプが多く、専門的な話の途中で腰を折られるのを嫌うのだ。

「先祖は大坂《おおさか》の商人だったようですが、どういう理由でかこの山奥に流れつき、麻《あさ》で財を成しました」

「麻ってヘンプのことですか？　大麻なんかの」

「そうですよ。でも麻薬に使ったわけじゃなく、繊維に加工して売ったのです。母屋の前に広くて平らな庭があったでしょう？　あれは晒《さら》し場《ば》といいまして、麻の繊維を雪に晒した作業場の跡です。このあたりは雪が深いですからね。雪に晒した真っ白な麻は、山中麻と呼ばれて珍重され、高値で取り引きされたのですよ」

「ああ。それでわかりました。木も庭石もない真っ平らな庭が不思議だったんです」

講義中の学生のように答えると、教授は満足げに頷いた。

「さて。蒼具家で最も古いこの土蔵ですが、棟上柱《むねあげばしら》に元禄《げんろく》十一年（一六九八）の記載と、棟上げした大工《だいく》の号が書かれています。つまり、この土蔵は築三百年以上経っているということですねえ」

「三百年以上……土蔵って、そんなに長くもつんですか？」

「いくらだってもつさ。手入れを怠りさえしなければ」

薄暗い壁に背中を預けて仙龍が言う。均整のとれた体と彫りの深い端整な顔が、ディスクジャケットの写真みたいだと春菜は思う。

「蒼具家はまた、信仰の家でもありましてねえ。代々の当主が様々な神を信仰し、繁忙期以外は各地へ参拝の旅に出ていたのです。行く先々の神を持ち帰り、独自の信仰形態を作り上げたので、蒼具家にしか伝わっていない年中行事なんてのもありましてね。民俗学者としては、興味が尽きません」

「だからなんですね。さっき中庭を抜けてきたんですけど、小さな瀬戸物のお稲荷さんが気持ち悪いくらい並んでいました。あと、首のないお地蔵さんも」

「中庭の地蔵菩薩については、蒼具家の古記録にも記載がありますねえ。お地蔵さんは小さな子供の守り神ですが、飢饉《ききん》で多くの子供が死んだとき、悲しみのあまり、首だけがどこかへ飛んでいったそうですよ」

「そんな言い伝えがあったんですね」

あまりにシュールな逸話だが、春菜はとりあえず相づちを打った。

「中庭にはほかにも石仏が何体か、あと、祠なんかもありますがね。この奥の裏山へ登ってみると、もっとたくさん石仏があります。首なし地蔵の中庭は、蒼具家を訪れる武士のための庭でした。往時は当主以外、家人の誰も立ち入りを許されなかった場所なんです」

「身分制度があった時代のことですね」

「ええ。そういう意味では、広い敷地に、家人が贅沢《ぜいたく》する場所などひとつもなかったと言っていいでしょう。女衆の庭ですら、蒼具家が村の女たちに提供したものだったんです」

教授は明かり取りの窓を振り仰ぎ、人差し指で宙を指した。

「さっきあなたが、変な声がすると言った庭ですが、そこに植えられるのは菊だけで、色も、赤と黄色と決まっていまして」

「赤と黄色の菊……ですか」

「花の間に朱い風車が挿されていまして、満月の夜は一晩中、蠟燭の火が灯されました」

「なんのために？」

「この村には夜参《よまい》り講《こう》という独特の講がありまして、その習わしと聞いていますが」

「講ですか。確かに、そんな風習が残っていそうな土地ですものね」

寒さで二の腕をさすりつつ、春菜は教授に頷いた。

文化財の仕事に携わる中で、『講』という言葉を聞き知った。後に無尽《むじん》などの相互互助団体にも広義に使われるようになったものの、『講』とは本来、信仰を共にする者たちの秘密結社的な集まりのことをいう。一般には、念仏講、富士《ふじ》講、伊勢《いせ》講などがよく知られているだろうか。現代でも、庚申塚と刻まれた石塔を道端に見ることがある。あれは庚申講という講が記念に建立したものだ。

小林教授はメガネを外してシャツで拭き、拭きながら俯いて話を続けた。

「私は長年、蒼具村の民俗学的価値について調べてきたわけなんですが……お若いあなたがナンセンスだとお笑いになるような事情が、この村にはありましてねえ。蒼具村役場は、それで頭を抱えているというわけなのですよ」

春菜はそれとなく人差し指で鼻腔《びこう》を拭い、土蔵の内部を見回した。さっきから、不快な臭いが鼻を刺すのだ。男二人の汗の臭いかと思ったが、そういうわけでもないらしい。何かが饐えたような臭い。体の芯《しん》に染みつくような、神経を逆《さか》なでする悪臭だ。

「その事情というのを聞かせていただきたいのですけれど。課長さんが、やっぱり、ここに手を付けちゃ不味いわねって仰ってましたけど、まさか祟《たた》りだとか言いませんよね？」

笑いを取るつもりだったのに、教授はニコリともしなかった。場を和ませようとしただけに、外した感が半端《はんぱ》ない。

小林教授はため息をつくと、首を傾げて春菜を見た。

「蒼具家は独特の宗教観を持っていると言いましたよね。その最たるものが女衆の庭と、オクラサマの存在です」

「オクラサマ？　オシラサマなら聞いたことがあるような……」

「オシラサマは、柳田国男《やなぎたくにお》の『遠野《とおの》物語』に出てくる人馬一体《じんばいったい》の神ですね。養蚕《ようさん》の神とも言われますが、オクラサマとは違います。私もほかに同名のハヤリガミを知りませんから、ここ特有の神でしょう。おそらく屋敷神で、普段は土蔵に棲むと伝えられます」

「土蔵って……ここですか？」

春菜は入り口に目をやった。

注連縄を張り巡らした結界の向こうで、課長らが深く頷いている。

「じゃ、もしかしてこの厳重な結界は、その神さまのためですか？」

「そうですよ」と、小林教授。

仙龍がぶっきらぼうに付け足した。

「どんな神か、わからないから縛っている。この土蔵は年に一度だけ、盆の決まった時期にしか開かれなかったということだしな」

蒼具家の土蔵は、土蔵として機能してはいなかった。だからだろうか、この不快な臭いは。たぶん天井裏か床下に、動物の死骸《しがい》が残されているのだろう。

「調査のときは仙龍さんが立ち会って、精《しょう》が出ないよう気をつけています。盆に土蔵を開けるのも儀式がらみだったようですし、しきたりというものは、必ず何かの意味を含んでいるはずですからね」

「精というのは何ですか？」

「この場合は、オクラサマということになりますか」

「その神さまは、名前以外わかっていないってことですか？」

「そういうことです。最後の当主だった権蔵さんも、詳しい由来は知らないと言ってましたしねえ。オクラサマは敷地の裏山にある蒼具神社と土蔵を行ったり来たりする神で、そのときにカミガエシという独特の儀式をしたのです」

説明が複雑すぎて、春菜はわけがわからなくなってきた。

「どういう儀式を？　何のためにです？」

小林教授は困った顔で微笑んだ。

「それの由来もまた謎《なぞ》なんですよ。蒼具家の年中行事は、ほとんどが地方の風習をアレンジしたものでした。ですが、カミガエシとオクラサマだけは、ほかに類を見ない独自のもので、権蔵さんも、詳しく語ることなくあの世へ逝《い》ってしまいました。儀式自体は盆行事のひとつのようなもので、土蔵に供物を捧げましてね……まあ、実際に見ていただくのがいいと思いますよ。問題の文字ですが、これもカミガエシに関係していたと思われます。旧家独自の風習が文字として現存することが、重要文化財に登録された理由です。さて。土戸はあなたの後ろにありますが、直接光を当てたくないもので、照明の角度を変えて、ちょっと照らしてみましょうかねえ。まあ、驚かれると思いますけど……」

そう言って、教授は脚立に括り付けられたライトを点《つ》けた。

土蔵の扉は二重の観音開きになっていたが、外側へ開いた格子の扉とは別に、分厚い防火扉が内側に開かれて、内壁に押しつけられている。

「どいてな」

仙龍は春菜を後ずさりさせて重そうな扉の前に立ち、観音開きの土戸を閉めた。外に残った職員の、もの言いたげな表情が、たちまち隙間に消えていく。同時に凄《すさ》まじい異臭が鼻を衝き、春菜は思わず鼻と口を覆った。横壁に向けたライトの明かりに、閉ざした扉の内側が浮かぶ。土戸はそれぞれ巾九十センチほど。閉ざせば、光は明かり取りの窓からしか入らない。一瞬眩《くら》んだ目を細め、春菜は眼前に現れたものに息を呑《の》む。

長坂はただの『文字』だと言った。

だが、春菜が見たのは、生々しく大量に散った血痕《けっこん》だった。

血飛沫《ちしぶき》となって土戸に滴《したた》り、怒りを込めて漆喰《しっくい》に叩きつけられ、禍々《まがまが》しくも鬼気迫る『鬼』という文字を象《かたど》っている。土戸に染みこんであまりある血液が筋となって床に落ち、土戸の随所に濃密な血の花が咲いている。不快な臭気は、間違いなくそこから漂ってくるのだった。

「これ……は……」

大きく口をパクパクさせて、春菜は教授と仙龍を交互に見やる。

「嘘《うそ》でしょ？　まさか本物の血だってことは……」

扉の脇に立ったまま、仙龍が頷いた。

「なんで？　え？　これっていったい何の血ですか？　牛とか、馬？」

「鑑定をしましてね、人間の血だということがわかっています。血液型はB型で、男性の血液だそうですよ」

「……うそ……」

喉《のど》に吐き気がせり上がる。畳二枚ほどの土戸を埋める血の量から察するに、その男性は絶命したはず。これは殺人の痕跡《こんせき》だ。絶対そうに違いない。

逃げ出したいと思っても、出口は凄惨《せいさん》な血文字で塞がれている。役場職員が土蔵に入りたがらなかった理由は、これだ。土蔵を怖いと感じた理由も。

臍《へそ》のあたりに力を入れて、春菜はうわずった声を出す。

「ここでいったい何があったんですか？　というか、ホントにこれが文化財？」

「私に言わせてもらえばですね、蒼具家そのものが、民俗学的に極めて貴重な文化財なんです。けれども残念なことに、登録されたのは土戸だけです。ちなみに、ここで何が起きたのか、詳しいことは不明でしてね。私たちは、それがわからなければ土蔵に手を付けられないと思っています」

春菜は小林教授とおぞましい土戸を交互に見やった。

「どうしてですか？」

小林教授は仙龍を見た。土戸の脇に仁王立《におうだ》ちした仙龍がやれやれというように腕を解き、ブルーシートに覆われた床を指す。シートの一部が三角コーンで囲われており、その部分の床板が剝《は》がされているようだった。

「この土蔵は、二百年ほど前に曳き屋《ひや》されているらしい。床下にその痕跡がある」

「曳き屋？　それって、建物を移動させたってことですね」

仙龍はブルーシートをめくり上げた。思ったとおり、床には点検口程度の穴がある。

「一度曳き移転された建物は、脆《もろ》くなっているから動かせないってことですか？」

穴の脇にしゃがみ込み、仙龍は上目遣いに春菜を見た。その瞳《ひとみ》は思いがけないほど澄んでいて、胸の内まで見透かされるようだった。

「そうじゃないよ。いいから中を覗いてみな」

ブルーシートの下は埃だらけで、床板も経年劣化で所々が腐り始めている。床下を覗こうとするならば、薄手のブラウスも、白いガウチョパンツも、埃まみれのかぎ裂きだらけになってしまう。一瞬だけ躊躇《ためら》ってから、ままよ！　と、春菜は仙龍の隣にしゃがんだ。

穴の奥から黴臭《かびくさ》い冷気が吹き上がってくる。床は地面から相応に嵩上《かさあ》げされているらしく、闇が深くて土台も見えない。恐る恐る覗き込んだ春菜の頭を、後ろから仙龍はぐっと押さえた。

「あぶなっ！　何するんですか」

「もっと奥だよ。それとも、服の汚れが気になって、肝心なものは見たくないのか」

押さえた手を緩《ゆる》めもせずに、仙龍は闇の一部をペンライトで照らす。丸い光に灰色の土と石が見え、年代物の土器《かわらけ》が見え、その奥に、太い柱がぼんやり浮かんだ。（おや？）と春菜が身を乗り出すと、仙龍は片腕でガッチリ彼女を支えた。

「見えたか？」

春菜は仙龍の腕に体重をかけた。

太い中柱の根本部分に、お札らしきものが貼られていた。何が書いてあるのか不明だが、梵字《ぼんじ》ふうの複雑な模様と、大きな三本の指がある。指は人間のものではなく、猛禽類《もうきんるい》の爪を太くしたような形をしていた。

「床下の柱に、お札が貼ってあるみたい。何かしら？　三本指っぽいマー……」

言いかけたとき、体を引かれて春菜は尻餅をつき、仙龍の胸に抱きとめられた。

「痛っ。あなた、さっきから乱暴なのよ。変なお札がなんだっていうの」

厚い胸板を強く押し、春菜は立ち上がって、お尻を払った。小林教授が手拭いを貸してくれたが、怒りと恥ずかしさで無視をした。

「奇妙だとは思いませんかねえ？　見えないところにお札が貼ってあるなんて」

「魔除《まよ》けのお札とでも言いたいんですか？　だから土蔵に手を付けられないって」

「あれは因縁《いんねん》物件の印だそうで、つまり、手を付ける場合は気をつけろという、業者間の暗号みたいなものなんですよ。床下に入ってよーく見ますと、文化何年と元号が書かれています。約二百年前。土蔵は然《しか》るべき理由でこの場所に移転されたのです。血染めの土戸もそうですが、業者さんは、ああした印を恐れますよね。曳き移転の理由が禍々しいモノを封印するためならば、迂闊《うかつ》に触れれば障りがあるってことですからね」

「動かせば、下から何か出てくると？　そんなばかなこと。今は二十一世紀なんですよ」

春菜は本気でそう思ったが、教授の心にはまったく響かないようだった。閉め切った土蔵には、どこからか冷たい風が落ちてくる。春菜は静かに自分を抱いた。

「私……怪談話は嫌いなほうじゃないんですけど、なんていうか……ここは……」

そこから先を言葉にするのが、憚《はばか》られるような場所だった。言葉にすればそのものズバリと遭遇しそうな雰囲気があるのだ。工事用ライトの光とは対照的な、湿った暗さ。

これの展示プランを作れって……こんな事故物件、いったい誰が見に来るっていうのよ。

長坂の人を喰《く》ったパグ面が思い浮かんだとたん、春菜は、ハッと気が付いた。

まさかあいつ、これを知っていたから私に仕事を振ったとか。

「うわ……ムカツク」

またも長坂にしてやられたのだ。何が頭にくるといって、舐められたことが許せない。その長坂に尻尾《しっぽ》を振った自分はもっと許せない。

（決めた。絶対仕事を取ってやる。絶対、絶対、絶対よ）

長坂の鼻を明かすには、仕事を取るのが一番だ。誰にも真似《まね》できない見事なプランを突きつけて、『春菜ちゃん、さすが！　参りました』と、言わせることが。

春菜はバッグから手帳を出すと、小林教授に向き直った。

「わかりました。ここが事情のある土蔵だってことは理解しました。教授はその事情がなんなのか、わからずに工事を進めるのはよくないと思っておられるんですね」

「平たく言うと、そうなりますかね」

「私も職業柄、職人さんが曰《いわ》く因縁に敏感であることは理解しているつもりです。ですから、スッキリ工事を進められるよう、お手伝いさせていただきます」

「簡単に言ってくれるねえ」

後ろで仙龍が嗤ったが、春菜はもう気にしなかった。

「早速お祓《はら》いをしてもらいましょう。次に村の人たちの話を聞いて、敷地のプランを考えましょう。お祓いについては弊社で手配できますが」

「はっ」

呆《あき》れたものだと言わんばかりの仙龍の声が、春菜の背中に突き刺さる。彼は頭に巻いていたタオルを脱いで、膝についた埃を思いっきり払った。

「ばかか。三百年以上経つ土蔵だぞ。しかも二百年も昔に隠温羅《おうらりゅう》流が曳いてんだ。たかだか数十年しか寿命のない神主《かんぬし》や坊主《ぼうず》に、何が祓えると思っているんだ」

春菜は手帳を鼻に当て、くるりと仙龍に向き直った。

「あなた、さっきからいったいなんなんですか。私は教授とお話を」

「おまえみたいな頓珍漢《とんちんかん》が出張ってくるから、話がますます面倒臭くなるんだよ」

「はあ？　私は仕事で来ているんです。そもそもですね、文化財登録されるほど貴重だという土蔵をですね、来館者の目にも貴重だと思えるように展示しようと思ったら、相応の時間も準備も必要ですよ。とっととお祓いを済ませてしまえば、業者さんも安心でしょう？　展示改修工事のスピードアップにつながるのなら、けっこうなことじゃないですか」

「展示展示ってなんなんだ。あんたはこの建物の、どこに心を砕《くだ》いているんだ」

「まあまあ」

と、再び小林教授が割って入る。彼は春菜のほうだけ向いて、静かに言った。

「仙龍さんの言うとおり、結論ありきは危険です。時を経《へ》た建物は、それ自体に魂が宿るもの。特に因縁を抱えている場合、壊すにしても、移転するにしても、相応の手順が必要です。正直に申し上げまして、現状のままで工事に名乗りを上げる業者さんは、どこにもいないと思いますねえ。老いた建物は頑固爺《じじい》と同じです。和解して着手しないことには、何事もうまく働きません。ひとたび機嫌を損《そこ》ねれば、家は己の命運を悟って崩壊してしまうことでしょう。魂が宿るというのは、そういうことだと思いますがねえ」

「命運を悟って崩壊って、ただの土蔵じゃないですか」

冗談まじりに笑ってみたが、教授は大真面目《おおまじめ》な顔を崩さない。仙龍もまた、大きく教授に頷いた。

「匠《たくみ》が心血注いだ建造物は、独自の理《ことわり》を持っている。その声を聞かずして、軽々しく移転はできない。する職人もいない」

「土蔵は重量物ですからね、わずかにバランスが崩れただけでも容易に壊れてしまいます。曳き屋する職人の心に、迷いがあったらどうします？　まして、曳くことを恐れていたら？　三百年の歴史に敬意を払うこともなく、迂闊に動かすのは危険です。私たちが言っているのは、つまりはそういうことなんですよ」

長きにわたり、この場で風雪に耐えてきた土蔵。黒光りする柱に土の壁。経年劣化で漆喰の剝げた部分には、土とこね合わされた植物の繊維が覗いている。気味の悪い血文字にも、漆喰で塗り込めようとした跡がない。純粋な好奇心として、春菜もまた、血文字がなぜ書かれたのか知りたいという欲求はある。

自分はそれを展示するためここへ来た。建物の古さを考慮して、無事に移転工事を終わらせたいとも思っている。何よりも、土蔵は蒼具家のシンボルとして、集客の要にしたいのだ。これがなければ民俗資料館は造れない。

春菜は改めて血文字を眺めた。

「これは何のために書かれたのかしら。魔除けとか、お呪《まじな》い？　その点も、まだわかっていないんですよね、教授？」

「血文字自体は百八十年ほど前の三代目当主、蒼具清左衛門《せいざえもん》のものと思われます」

「誰の血かわかっているんですか。でも、この量からすると」

「もちろん清左衛門は亡くなっています。蒼具家の古記録には、『清左衛門自害のこと』という文書が残されていましてね。文書には、『云々《しかじか》自ら腕を斬《き》り、鬼と記して身罷《みまか》りたり。障り封じの為云々《ためうんぬん》』と一文があることなどからしても、何がしかの障りを封印する呪いだったと思われますねえ」

「障りって、疫病《えきびょう》とか、祟りとか？」

「その当時のことですからね。疱瘡《ほうそう》などの疫病を、鬼と恐れたことは考えられます。ただ、この蔵に屋敷神も棲《す》まうとすれば、清左衛門が障り封じをした理由がね、不明なんです」

その時だった。ビシッ！　と、大きな音がして、土蔵全体が微かに揺れた。

強いライトの裏側で、しきりにミシミシ壁が鳴る。室内の温度がまた下がり、四隅にたまる暗がりが急速に迫ってくるようだった。春菜はライトの裏側に目を向けた。光のせいで闇しかないが、粗末《そまつ》な階段がある場所だ。そのあたりで、ぱたん、と、小さな音がする。ミシリ……ぱたん……ミシリ……ぱたん……二階に誰かいるのでは？　と、春菜が訊こうとした瞬間、仙龍は無言で血文字の土戸を開けた。

「出るぞ」

命令されて土蔵を出ると、教授と仙龍がその後に続く。

外には役場職員が待っており、汗ばむほどの暑さでもある。土蔵のライトがつけっぱなしで、注連縄の白さが輝くようだ。真夏の光に眩んだ目には、その奥の闇がことさら黒いが、二階から下りてくる者はいなかった。

粟立つ腕をさすりつつ、春菜は、ようやく現実世界に戻れたと思った。

其の二　因縁切り物件専門業者

レーザープリンターが次々に写真を吐き出している。平らな晒し場、鬱蒼とした中庭や、雨戸を閉て切った茅葺きの母屋。件《くだん》の土蔵、女衆の庭……

時刻は夜十時過ぎ。株式会社アーキテクツのフロアには、春菜のほかに誰もいない。プリントアウトを待ちながら、コーヒーメーカーでコーヒーを淹《い》れる。コンビニで買った低カロリー弁当とチーズケーキバーを、打ち合わせ用デスクに並べて眺め、誘惑に負けてケーキバーをかじる。コーヒーを取りに行こうと立ち上がったとき、暗い窓に自分が映った。ショートの髪はボサボサで、お気に入りのブラウスは皺だらけ、白いガウチョパンツは埃まみれになっていた。

「うわぁ、酷い」

こんな姿でコンビニに寄っていたなんて。そもそも、山に行くつもりなど最初からなかった。つなぎをつけようと小林教授に電話をしたら呼び出され、仙龍に床下を覗かされたあげく、裏庭の風車を見て帰ってきたのだ。長坂にはコケにされ、因縁物件の展示プランを任された。春菜は顔から火を噴《ふ》くような気持ちになった。

「何もかも、あいつのせいよ」

『あいつ』の顔は二人分。長坂に加えて仙龍が増えた。汚れたハイヒールを床に脱ぎ捨て、弁当を開くと、チーズケーキバーをかじりながらブラックコーヒーをごくごく飲んだ。

とりあえず、現場写真と図面を照らし合わせて、敷地の全容を頭に入れる。それから来館者の動線を探りつつ、土蔵の移転費用も視野に入れ、ざっくりした試算計上をしようと思った。和解して着手しないことには、古い建物は動かないと小林教授は言ったけど、近代的なオフィスビルに身を置けば、そんなのは、民俗学者の、ただの盲信じゃないのと思えてくる。ビシッ！　と音がしたときに感じた恐怖も、思い過ごしに違いない。

「大切なのは、予算と時間と制約を守り、その上で利益をあげること」

コーヒーの湯気を眺めて、春菜は自分に呟いた。

「利益のために効率を考えるのは当たり前」

言い聞かせるよう声に出し、こくりと熱いコーヒーを飲む。

「形だけお祓いして着工する。それの何が悪いのか、ぜんっぜん、わかりませんわよ、仙龍さん」

振り向いて、窓ガラスの自分を指さした。どや顔で決めたつもりだったが、ボサボサの髪がギャグみたいだ。頭を振って弁当を頬張《ほおば》り、ケーキバーを貪《むさぼ》る。お腹《なか》がいっぱいになるとようやく怒りも収まってきて、春菜はふと、ひとつのプランに思いが至った。

血文字や、敷地内にある石仏の不気味さは、見せようによっては面白いアイテムかもしれない。なんといってもあれは本物の人間の血なのだから、それを見るために入館料を払う物見高い客は、一定数いるはずだ。

展示テーマは、『山深き郷のミステリー・三百年の因習と秘密』で、どうだろう。

素晴らしい。

血文字をメインとした蒼具村民俗資料館の展示構想に昂揚して、春菜はビジネスチャンスを摑んだと思った。

ゴミをコンビニ袋にまとめ、立ち上がって、プリントアウトした写真を確認する。すると、血染めの土戸の生々しい迫力に気圧《けお》された。

あのとき、確かに二階で音がした。ネズミのような軽さはなくて、人が歩くような音だった。不自由な足を引きずるような。それとも、床を這うような。

誰もいないオフィスは、隅々に闇が凝《こご》っている。春菜は土戸の写真だけを封筒に入れ、デスクの端へ遠ざけた。

改めて腰を落ち着け、撮りためた写真を検証する。裏山は調べる時間がなかったが、蒼具家の因習にスポットを当てた展示計画を進めるのなら、そこにもたくさん祀《まつ》られている祠や地蔵堂がキーアイテムになるはずだ。それとも……

「母屋の庭に古い農具があったわよね。あれも資料館に残せないかしら」

いや。それだけじゃない。母屋の内部は、現在どうなっているのだろう。展示物に相応《ふさわ》しい生活用具や調度品などが、残されているのではないだろうか。

――取り壊し予定の蒼具家は、三百年以上の歴史を持つ庄屋でさ、建築廃材にけっこうな値が――

春菜は設計事務所で長坂が言いかけた言葉を思い出した。長坂が事前調査した本当の理由は、これだったのだ。梁《はり》や間柱、土壁など、今では入手困難で古民家の再生に欠かせない廃材を、個人的に売買するつもりだったのだ。設計士の長坂に関しては、業界でいい噂《うわさ》を聞いたことがない。新人潰しもそのひとつだが、施工完了後に難癖をつけられて、見積金額を半分にさせられたなどという話もざらに聞く。古い農具や生活用具が高値で取り引きされることはないと思うが、長坂のことだから、何を企《たくら》んでいるかわからない。展示物を無神経に廃棄されてしまう前に、保存の手はずを整えないと。

「現場を調査させてもらって、リストを作ってしまえばいいのね」

保存資料に番号を振って写真に残し、管理するのだ。そうすれば、少なくとも長坂が勝手に持ち出すことはできなくなる。春菜はノートパソコンを起動した。

取り壊し工事が始まる前に、母屋、土蔵、庭、そして裏山にあるすべての品を把握する。蒼具家の宗教観を伝える石仏や祠。山村の生活を伝える調度品や農機具。そして何より蒼具家の古記録。キーボードを打つ手を止めて、春菜はふっと宙を仰いだ。

「古記録は個人情報だから、展示する場合は開示の許可が必要になるわ。蒼具家は村に寄贈されたんだから、許可は所有者である村役場からもらえばいいのかな？　……でも、やっぱり個人情報だから……」

後で問題が起きるのは避けなければならない。現場写真に目を落とし、春菜はしばし考えた。

「寄贈をした人は存命しているってことなのよねえ？」

検索ソフトを立ち上げて、『蒼具家　土蔵』と、打ち込んだ。めぼしいヒットは、ない。

「ですよね」

戯《たわむ》れにもう一度、『蒼具　オクラサマ』と、打ち替えてみた。

どうせ無理だと思ったのに、数件の記事がヒットしてきた。

【野犬か　蒼具神社で変死体】

【またも　口のない死体（蒼具村・蒼具神社）】

「何これ？」

蒼具家に関係がありそうな記事は二件。どちらも不穏なタイトルだ。フロア奥の掛け時計が、静かに秒針を刻んでいる。節電のために明かりは打ち合わせ用テーブルにしかないから、オフィスは薄闇に沈んでおり、椅子が軋《きし》む音に驚いて、春菜はあたりを見回した。

誰もいないし、何事もない。

青白くモニターに浮かんだ記事は、変死事件を収集した個人ブログと、オカルト板の主観的記事だった。どちらのホームページにも、古い新聞記事の画像が貼り付けてある。日付はなく、いつの記事かはわからない。

【野犬か　蒼具神社で変死体】

：〇〇郡蒼具村〇〇の蒼具神社境内《けいだい》で三十日、男性の遺体が発見された。遺体は同村〇〇の蒼具由紀夫さん（十七）で、野犬に襲われたものとみられている。由紀夫さんは顔の下半分をかじり取られ、抵抗のためか手足を激しく損傷していた。蒼具神社（祭神はオクラサマ）では、過去にも同様の被害があったことから、村では単独で山に入らないよう呼びかけている。

春菜は思わず顔をしかめた。バブル期、ペット用に買った大型犬を飼いきれず、山に放したら野生化したという話を聞いたことがある。これはその頃のことだろうか。それにしては、活字のフォントが古ぼけている。

別サイトはオカルト板の記事だったが、主観を交えながら、もう少し詳しいことが書かれていた。

【またも　口のない死体（蒼具村・蒼具神社）】

：蒼具神社に祀られているのはオクラサマである。この神は庄屋の蔵に棲むと伝えられ、年に一度のカミガエシの期間、隠れ鬼を禁忌とする。遊びに鬼がまじり込み、見つかった者が本物の鬼にされると言い伝えられているからだ。

事実、蒼具神社では夏に複数人の変死者が出ており、ほとんどが子供。死体は共通して口から下を噛み千切られて、抵抗のためか手足の指がもげている。野犬のせいにされているけど、死に方が同じってありえない（笑）

「共通して口を……」

それは匂いのせいだろうか。口は食べ物の匂いがするから。

――奇妙だとは思いませんかねえ？　見えないところにお札が貼ってあるなんて――

教授の言葉が脳裏をよぎる。

もしかして土蔵の因縁は、この変死事件を指すのだろうか。

遊びにまじる鬼と、血文字の鬼、ふたつは関係があるのだろうか。春菜は封筒に入れた血文字の写真に目をやった。封筒、動いていないよね？　と、不安になる。

――遊びに鬼がまじり込み、見つかった者が……鬼にされると……――

『鬼にされる』は変死の暗喩《あんゆ》か。遊びにまじって人を狩る。二百年前に曳き屋されたのは、その鬼を封じるためだったのだろうか。

「土蔵が曳かれたのは二百年前で、血文字が書かれたのは、その二十年後」

うーん……と、春菜は頭を掻いた。

「二百年前。鬼を封じるために蔵が移されたのに、その二十年後に血文字が書かれた……

ってことは、封印したはずの鬼がまた出てきちゃった。とか？」

でも、蔵には屋敷神がいる。蔵にいるのは鬼ではなくて、神さまのはずなのだ。

「鬼封じのために屋敷神を蔵に祀った？」

春菜はもう一度ネット記事を読んだ。

——年に一度のカミガエシの期間、隠れ鬼を禁忌とする——

「これだけじゃわからない。結局鬼ってなんなのよ？　もっと詳しく書けばいいのに」

——それがわからなければ土蔵に手を付けられないと思っています——

小林教授の言葉を思い出し、「ですよね」と、春菜は相づちを打った。実際に死人が出ていたならば、役場も慎重にならざるを得ない。

明かりが届かない部屋の四隅が暗さを増して、春菜は思わず首をすくめた。

「やだ、もう」

突然恐怖を感じてしまった。うっかり窓を見てしまったら、自分以外のモノが映っているのではないか。そんな妄想に駆られて、もう帰ろうと決めたとき、大きな音を立ててドアが開いた。

「あれ？」

声がして、フロア全体に明かりが点いた。咄嗟《とっさ》に潜《もぐ》り込んだテーブルの下から、恐る恐る春菜が覗くと、誰かが、「わっ！」と、大声を上げた。

「きゃ！」

つられて春菜もそう叫び、直立不動で立ち上がる。

「ばかっ。驚かすな、高沢じゃないか」

入り口には、部局長の井之上《いのうえ》が立っていた。

「床にハイヒールは転がっているし、ていうかおまえ、テーブルの下で何やってんだ」

長身でガッチリとした井之上は、日焼けした顔の後ろで白髪をポニーテールに縛っている。彼は書類で膨《ふく》らんだバッグを受付カウンターに、どん！　と載せ、ノートパソコンを引き出した。心なしか、目の縁が赤く染まっている。

春菜は脱ぎ散らかしたハイヒールを回収し、慌てて服装を整えた。

「驚いたのはこっちです。不審者かと思いましたよ。井之上部局長こそ、こんな時間にどうしたんですか」

「クライアントと飲んでいて、急に仕事を振られたんだよ。明後日《あさって》までにデータを送ってくれと言われたんだが、俺、明日から出張だろう？　忘れそうなんで、今夜中に送ってしまおうと思ってな」

「パソコンを持っていらしたのなら、その場で送信すればよかったじゃないですか」

「ばーか。ライバル業者の前で大事なデータを扱えるかよ。高沢、まさかおまえ、そのあたりテキトーに流していないだろうな？」

「いませんよ。飲み会の席に同業者がいたと思わなかっただけです」

「ならいい」

井之上はネクタイを緩めてパソコンを起動させながら、

「水くれないか」と、春菜に言った。

「ご自分でどうぞ。私だって仕事中なんですから」

独りでないとわかったとたん、春菜はすっかり強気になった。再びソフトを立ち上げて、プランニングに取りかかる。井之上は「ちぇっ」と舌打ちをして、お茶コーナーからミネラルウォーターを持ってきた。立ったまま、春菜がテーブルに広げた図面をめくり、

「長坂先生の物件か?」と、訊く。

「はい」

「あの先生には気をつけろよ? 今までにかかった経費も、最低限は回収しないと。いいように使われるだけじゃ会社が潰れる」

「わかっています。でも、今回は絶対逃しません」

「でも、道の駅なんだろ?」

井之上は吐き捨てた。物件が大きすぎて春菜の手には負えないだろうと判断したのだ。

「建設予定地の土蔵から文化財が出たんです。欲しいのは道の駅よりもむしろ、付随工事のほうです」

戯れに春菜の作業を眺めていた井之上は、それを聞くと手近な椅子に腰を下ろした。

「ほう。で？　どれくらいイケそうなんだ？」

「曳き移転と改修工事と、展示プランとマーケティング、施設の監修も全部含めて六千五百万は欲しいです」

春菜はプリントアウトした現場写真を井之上に差し出した。

「けっこうな山の中だなあ……で、この壊れそうな家が文化財？」

「いえ、文化財は」

テーブルの隅に追いやった茶封筒を指さすと、井之上は中身を引き出して、

「な、ん、だ。こりゃ」と、奇声を上げた。

「築三百年の土蔵にある防火扉の写真なんです。大きさはそれぞれ一畳くらいで、扉を閉めた内側に、血で『鬼』という文字が書いてあるんです」

「史実の殺人現場ってことなのか？　それとも何かの呪《まじな》いか？」

矯《た》めつ眇《すが》めつ写真を眺めて井之上は、

「筆で書かれた文字じゃ、ないな」と、呟いた。

「よくそんなところに気がつきますね」

キーを叩きながら春菜が言う。

「筆の跡がないからな。もしかしてこれ、切り口で直接書いたとか」

言われてみれば、文字の太さは大人の腕の巾ほどだ。斬り落とした腕で字を書く様を思い描いて、春菜は思わず首をすくめた。

「悪趣味な想像はやめてくださいよ。ちなみにそれ、三代目当主の本物の血ですって。何のために書かれたかは謎らしくって、展示プランは血文字をメインに推した山村ミステリーでいこうかなって思っているところです」

「ふぅむ……」井之上は図面に目を落とし、

「この工事現場、けが人は出ていないのか？」と、訊いてきた。

「まだ工事は始まっていなくて……ていうか、なぜそんなことを訊くんです？」

「いや、あまりにも生々しいからさ。こういう現場は気をつけないといかんのだ」

春菜はキーボードを打つ手を止めた。

「部局長までそんなこと……ただの昔の血の跡なんだし、とりあえず、お祓いすれば大丈夫なんじゃないですか？」

井之上は写真を封筒に戻すと、首を回して頭の後ろを手刀で叩いた。

「もう二十年も前の話だが、町村主体で某所に親水公園を造ったことがあったんだよな。コンセプトは、『子供が学べる水の公園』。川から水を引き込んで景観を整備。子供たちが安心して遊べる水場を造る計画だった。だが、なぜか現場でけが人が続出してさ」

「設計監理に問題があっただけでしょう」

「や、そんな現場じゃなかったよ。工期もあったし、予算も今ほどきつくはなかった。ところが、現場代任、監理人、工事業者と、果ては市の職員まで次々にけがをして、奇妙なことに、それが全員左足でな」

――死に方が同じってありえない――春菜はブログの記事を思い出した。

「その現場って、曰く付きの場所だったんですか?」

「いや全然。施工前は荒れ地だったんだよ。だが、さすがに事故が続きすぎるのと、けがの場所が同じだということで、関係者が気味悪がってね」

「まあ、そうですよねえ」

子供が安心して遊べる公園でけが人が続出するのは験《げん》が悪い。

「で、然るべき筋に頼んで、見てもらおうという話になったんだがな」

「やっぱりお祓いじゃないですか」

「いや、ま、そのときは俺もそう思ったんだけどさ」

図面の上に身を乗り出して、井之上は人差し指を振り回す。

「ところが、やってきたのは神主でも坊主でもなく、ただの職人だったんだよな。ええと、りゅう……りゅう……なに龍だったたっけかな?」

「え」

と、春菜は身を引いた。

「まさか仙龍とか言いませんよね？　まさかね」

二十年前の話なのだ。春菜は自分で自分を嗤った。

「や。曳き屋師だったのは覚えているんだが」

「曳き屋師ですか？」

「あ。そう、昇龍だ。たしか昇龍さんと呼ばれていたな」

「しょうりゅう」

「本名じゃなくて称号な」

井之上は物知り顔でニヤリと笑った。

「あのさ、曳き屋師のルーツは鳶職《とびしょく》なんだよ。江戸時代に大岡越前《おおおかえちぜん》が組織した町火消しってのが始まりなんだが、さらに時代を遡《さかのぼ》っていくと、宮大工《みやだいく》に行き着くらしい。寺社建築には精巧な彫刻を施すだろう？　大きく分けると、彫る大工と組む大工の流派があって、組む大工から派生したのが鳶職なんだと。そこからさらに分派して、重量物を動かすのが曳き屋師になったということだ」

「さすが部局長は物知りですね。ていうか、鳶職が神仏にまつわる仕事から派生していたなんて、知りませんでした」

「うむ。だからかもな、建設業者が信心深いのは」

「地鎮祭とか、現代でもきちんとやりますものね。そうか、そういうことだったのね……」

春菜は小首を傾げた。

「で、結局その現場はどうなったんです？」

「そこな。事故の原因は石だったんだよ」

井之上は記憶を浚《さら》うように目を上げて、

「工事用の現場事務所に手洗い場を作ったとき、蛇口を幾つか設置したんだが、その下の地面に、これくらいの丸い石があってさ……」

と、両手でテニスボールくらいの円を作った。

「けがをした代任も職人も、同じ蛇口を使っていた。手を洗うたび、その石に乗っていたんだよ。で、曳き屋師はその石が原因だと」

「踏んだからってことですか？」

春菜は井之上を目で追った。彼は壁際まで歩いていくと、書類棚から一冊のファイルを抜き出した。

「その石はもともと川にあった石だから、人に踏まれる身分じゃないというんだ。山の石は踏まれることに慣れているが、川の石は川にあるから踏まれることが禁忌なんだと。で、それなら石を川に返そうってことになったんだが……」

井之上はファイルを持ったまま、大きく腕を広げてみせた。

「掘り返してみたら、なんと、土から出ていたのはほんの一部で、三メートル近い大岩だったのさ。そのあたりがまだ川だった頃、中洲《なかす》にあった巨石という感じのね」

彼はファイルをめくりながら、石の写真を探している。

「確かに人が踏みつけるようなサイズじゃないから、ちょっと気味悪くなったよなあ。で、掘り出した後に何か彫りつけて、親水公園の川まで曳いていったんだけど。あ、これこれ」

井之上は、春菜にファイル帳を広げて見せた。工事記録には石を掘り出す作業の様子や、クレーンで吊《つ》り上げた岩の写真が残されている。最終的にはコロを使って移動させ、水を堰《せ》き止めた川の中央に設置したようだ。

「ホントに大きな、石っていうより岩ですね」

「だろ？　不思議なことにあのときは、曳き移転工事の経費もさ、補正予算ですんなり通ったんだよな」

「珍しいですね。役所が理解して、事故もやんだってことですか」

「昇龍さんの言うには、正しい流れとはそういうものなんだとさ。つまり、石は川に戻りたかった。俺たちも石を戻したかった。双方が丸く収まる方向へ向いたとき、事態はとんとん拍子に流れるもので、そうした流れを堰き止めることを、障りと呼ぶんだとかなんとか……で、その後は何事もなく工事が終わった」

井之上は石の部分写真を指さした。

「見えにくいけど、ここに模様があるだろう？　この部分は川に沈めたんだが、わざわざ、見えにくい部分に彫り物をしたんだよなあ」

「あ」

春菜はファイルを引き寄せた。

「これ、この模様。なんなんですか」

「さあ。なんだろう。呪いみたいなもんだと思うが」

二の腕にざわりと鳥肌が立つ。

曳き屋師が石に彫ったのは、蒼具の土蔵で見たお札と同じ、長い鉤爪《かぎづめ》のような三本指の模様だった。

――二百年も昔に隠温羅流が曳いてんだ――

仙龍が、確かそんなことを言っていた。春菜はスマホのメモを立ち上げた。

「部局長。その、昇龍って人の連絡先を教えてください」

「残念。そりゃ無理だ」

井之上はファイルを閉じて棚に仕舞った。

「その後すぐに亡くなったんだよ」

「うわ残念。ご高齢だったんですか」

「そうじゃない。今の俺より若かった。彼みたいな能力を持つ人間は短命で、たいてい五十より前に亡くなるんだと」

「それもまた奇妙な話ですね。じゃ、そのときに、『おうらりゅう』という言葉を聞きませんでしたか？　実は例の土蔵なんですが、床下にお札が貼ってあって、それがたぶん、同じ模様だったのじゃないかと思うんです」

「気持ち悪いこと言うなよ、鳥肌が立ったじゃないか」

すっかり酔いが醒《さ》めた様子で井之上が言う。

「おうらりゅうなんて言葉は聞いたことがないよ。ま、なんだ。写真を見る限り、そっちの現場も業者から敬遠されそうだしな。予算を組むなら神事の費用も上乗せしたほうがいいだろうから、明日、当時の監理人に電話して、訊いてみてやるよ」

「やった。よろしくお願いします」

春菜は体をふたつ折りにして頭を下げると、再び独りになるのが怖くて、井之上と一緒にオフィスを出た。


翌日午前。井之上から連絡が入った。

「昇龍さんの会社がわかったぞ」

電話の奥で喧騒《けんそう》がする。たぶん、クライアントとの打ち合わせ前に、時間を見つけてくれたのだ。連絡先がわかったらすぐにアポイントを取ろうと、昨夜から春菜は決めていた。今日はデニムパンツにスニーカー履き、汚れの目立たない綿シャツに、手拭い代わりのスカーフを巻いてきた。そのまま現場へ出られる格好だ。

「前株の鐘鋳建設《かないけんせつ》というらしい。ちなみに、今の社長は昇龍さんの息子だそうだ。易《えき》を見るかは不明だが、直接問い合わせて、訊いてみてくれ。社長の名前は守屋大地《もりやたいち》、電話番号は、〇〇の〇〇〇〇〇。ついでに見積もりも出しておくといい。あいみつ取るのも忘れるな」

「わかりました。ありがとうございます」

通話を終えると、春菜は早速、鐘鋳建設をネットで調べた。ところが鐘鋳建設に関しては、ホームページどころか口コミ情報すらヒットしてこなかった。

(もぐりの業者とかじゃ、ないわよね)

だが、それだと公共事業には関われないはずだ。もっとも、二十年も前の業界事情を春菜は知らないし、孫請け業者だった可能性もある。あれこれ考えを巡らせて、春菜は、

「あー!」と、頭上に両腕を振り上げた。

「どうしたの? 高沢さん」

受付から事務員が訊いてくる。

春菜は立ち上がって、タブレットPCをバッグに入れた。

「長坂先生の現場へ出かけてきます。遅くなるので、何かあったら携帯へ連絡ください」

ホワイトボードに『蒼具村：蒼具村民俗資料館現場下見』と書き込んで、春菜はオフィスを後にした。

カーナビに鐘鋳建設の住所を打ち込んで、得意先の洋菓子店に乗り付ける。手土産を買って領収書をもらい、鐘鋳建設の所在地へ向かった。

そこは静かな郊外で、鐘鋳建設はそこそこの自社ビルを持つ中堅どころの佇まいだった。ただし、その佇まいは簡素そのもので、敷地にも建物にも大型看板が設置されておらず、会社名は建設業の許可票にあるのみで、大量の建築資材や重機などが置いてなければ、そこが会社だと気づけなかったほどだ。巨大な自立看板や、立派なチャンネルサインをつけたがる建築業者ばかりを見てきた春菜には、むしろ新鮮だった。

整然と片付けられた作業場で、若い職人たちがせっせと足場板を拭いているのを横目に、春菜は一旦《いったん》通り過ぎ、その先の路肩で車を止めた。ここに至って、実際にはどう話を切り出せばいいのかわからなくなったからだった。

土蔵で感じた禍々しさは、その場を離れてしまえば気のせいだったようにも思える。不審死やお札の話を持ち出して祟りの有無を論ずるよりも、工事を見積もる名目で現場へ来てもらうのが得策ではないか。いや、それでは何も解決しない。依頼したいのはただの移転工事ではなく、お祓い工事なのだから。

焼き菓子の包みを見下ろして、春菜は、「はあぁ……」と、ため息をついた。

きつい仕事も、人間関係の難しい現場も、何度も経験しては乗り越えてきた。自分はやり手だと信じているし、周囲の評価だって低くはない。どこかで切ってしまえと、みんなに言われる長坂の仕事だって、元金《がんきん》だけでも回収したいと、意地と二人連れで頑張っている。今回こそ、成果を上げる自信だってある。

それだけに、春菜は想定外の迷信話に戸惑っていた。手に負えないと思うのは、発注者の蒼具村が本気でそれを信じてしまっていることだ。易でもお祓いでもなんでもいい。とにかく彼らを納得させないと、資料館どころか道の駅の工事さえ、白紙に戻ってしまうかもしれない。

「腰が引けてる場合じゃないの。六千五百万の物件なのよ」

これが取れれば一発解消。今まで長坂にいいように使われてきた分も、彼に潰された仲間の分も、仕事で回収できるのだ。金額以上の仕事を納め、長坂にアーキテクツの技術を認めさせる。私たちは、展示品とそれを観《み》る人、過去と現代、そして未来をつなぐ仕事をしている。文化に関わる大切な仕事を、誇りを持ってしているのだ。

仕事を取るのよ。そこからよ。そうでなければ始まらない。

ゆっくり自分に言い聞かせ、春菜は車を発進させた。ぐるりと迂回《うかい》して再び鐘鋳建設を目指す。が、駐車場へ入ろうとスピードを落とし、職人たちに指示を出す背の高い男に気がついたとき、思わずそのまま行き過ぎてしまった。

「あれって……」

昨日、蒼具家の土蔵で会った、仙龍という男だった。

「え。つまり、そういうこと？」

——二百年も昔に隠温羅流が曳いてんだ——

春菜はもう一度、バックミラーで仙龍の姿を確認した。

昇龍。仙龍。名前が似ていたのはそういうこと。つまりあいつは、曳き屋師だったということなのね。

三度《みたび》会社の前を通ることは憚られ、春菜はそのまま蒼具村へ向かうことにした。仙龍の正体がわかったからには、こちらから土蔵のことをお願いするのは恥ずかしすぎる。なんといっても、お祓いを手配しますと啖呵《たんか》を切ったのは自分なのだ。

アクセルを踏み込んだとき、助手席でスマートフォンが鳴り出した。

「高沢です」

路肩に寄せて停車すると、聞き覚えのある声が煽《あお》ってきた。

「なんだ、結局スルーかよ？　ヤバイ物件を取り扱ってくれる建設業者を探しに来たんじゃなかったのか」

見られていたとわかったとたん、恥ずかしさがこみ上げてきた。

「あな、あなた、どうして私の番号を」

「名刺を押しつけていったのはそっちだろうが」

「押しつけてって、失礼な」

「どうするんだ。俺の助けが必要なんじゃなかったのか？」

振り向けば、鐘鋳建設の駐車場から仙龍がこちらを眺めている。結局、春菜は鐘鋳建設へ引き返し、神棚を祀った事務所の応接室で、仙龍と向かい合う羽目になった。

社内は広く、作業場同様に整理整頓《せいりせいとん》が行き届いていたが、冷たい麦茶を運んできたのは女性事務員ではなく、さっき足場を拭いていた若い職人の一人だった。

「どうもありがとうございます」

居心地の悪さを払拭《ふっしょく》したくて笑顔を向けると、彼は人なつこい猿顔で、「どうもっす」と、頭を下げた。

「コーイチ。ヘラヘラしてないで、あれ持ってこい」

コーイチと呼ばれた青年が場を去ると、仙龍は麦茶を飲んで、こう訊いた。

「あんた、本気であの土蔵に関わる気なのか？」

「もちろんです。仕事ですから。それで、本日は社長の守屋さんにご相談があって参りました」

『社長』の部分に力を込めた。広い事務所に人影はなくて、何かを取りに戻ったコーイチだけが、奥のデスクでゴソゴソしている。

「あのですね、せめてお名刺を頂戴《ちょうだい》できませんか？」

手土産を渡す機会も失ったまま、春菜は仙龍に抗議した。すると意外にも仙龍は、「そうだな」と言い、漆黒の名刺入れから自分の名刺を引き出した。

『株式会社鐘鋳建設　代表取締役《だいひょうとりしまりやく》　守屋大地』

「あなたが守屋大地さん？　え、でも、小林先生は仙龍さんと呼んでいましたよね」

「仙龍は号だ。本名じゃない。ところであの土蔵だが、あんたが担当するというのなら、曳いてもいいぜ。昔、親父《おやじ》が曳いた神石《かみいし》も、御社の仕事だったらしいしな」

「神石？　……それって某親水公園の岩のことですか？　井之上部局長が二十年前に担当したという」

「子供の水場がある公園な。当時の監理人から連絡があって、あんたが来るのはわかっていたよ。あれは、俗に神の遊び石と呼ばれるモノだ。踏みつけられるのを厭《いと》うのはもちろん、本来ならば位置をずらされるのも剣呑なんだが、神石は基本的に子供好きだから、親父がそこを説得して曳いたと聞いている。あとはサニワがいたからだよな、御社には」

「サニワ？　何ですか？」

「あんたみたいな人間のことさ。彼岸《ひがん》と此方《こなた》の潤滑油とでもいえばいいのか。発注元にそれがいないと、予算の苦労が絶えないからな。あんた、昨日、蒼具で聞いたんだろう？赤ん坊の泣き声を」

「赤ん坊の泣き声って？」

「女衆の庭で風車が鳴ったときだよ。変な声がすると言ったよな？」

確かに赤ん坊の泣き声のようだと思ったが、敢《あ》えて口には出さなかったはず。けれど仙龍は言い切った。春菜はざわりと鳥肌が立った。

「あんた、見た目はがさつだが感度はいい。こういう工事はサニワがいないと進まないんだよ。教授には世話になっているから、できるだけのことはしたいんだが、サニワがいないと難儀する。だから、もしもあんたに会わなかったら、手を引こうと思っていたんだ」

「は、仰っていることが、まったくわからないんですけれど。ていうか、今、さらりと私のことを貶《けな》しましたよね？　がさつな女だって」

「気にするな。がさつで鼻っ柱が強いくらいでないと務まらないし、その点あんたは合格だ。慈善事業じゃないからな、因縁祓いには相応の予算が必要なんだよ」

この男、何なのよ。何を偉そうに合格だとか言っちゃってんの。

悪態が口をついて出る前に、

「社長。持ってきました」

と、コーイチが戻って、鑑《かがみ》付きの見積書を差し出した。

まだなんの依頼もしていないのに、仙龍は、蒼具家の土蔵を因縁祓いし、さらに曳き移転した場合の見積もりを、すでに終えていたのだった。手際の良さに面くらいながらも、書類の穴を探して攻め込んでやろうと、春菜はすまして書類を受け取り、すぐに、曳き屋工事の一般的な料金をリサーチしてこなかった自分を責めた。

「あのですね。これ、合計金額が書かれていないのはなぜですか?」

「費用を積算する材料が、まだ出揃《でそろ》っていないからだよ」

仙龍は名目欄を指さした。『供養料』となっている。

「お寺さんにお支払いする額ですね? じゃ、一般的な料金を」

一歩先んじようと身を乗り出すと、

「一般的では済まないよ」

ぴしゃりと仙龍に返された。

「ざっくり弾いて命名料が一人三万。必要人数がわからない。犠牲者の供養は一人五万。蒼具神社で取られた命の、人数分を加算する。言っておくが、経だけ上げる坊主に頼むのは剣呑だ。祭壇と読経で数十万円かけたとしても、それだけだ。効果はない。因縁を被って坊主が死ぬ場合だってある。その点、うちの坊主は実績がある。ま、見た目は霊験あらたかなタイプじゃないがね」

「命名料って何ですか。一人頭三万と、五万かける人数分って、怪しすぎじゃないですか」

「言ったろ？　因縁祓いには相応の予算がいると。先ずは見てほしいものがある」

執事よろしく社長の脇に立つコーイチが、別の書類を仙龍に渡す。仙龍がテーブルに広げたそれは、新聞記事のコピーだった。春菜は思わず見積書を脇へ避けた。

【野犬か　蒼具神社で変死体】

昨夜ネットで見た記事だ。日付は昭和二十七年八月。だが、記事はそれだけではなかった。

【変死の幼児・身元が判明】

【怪奇　神社でまたも変死体】

【行方不明の六歳児　野犬に喰い殺される】

【蒼具村で野犬狩り・成果なく】

小見出しやフォントを見ると、古くは大正時代からの記事だとわかる。一番新しい野犬狩りの記事が平成元年。春菜は肺の裏側がムズムズしてきた。

「なんなのこれ。どういうことよ……」

「図書館で調べてきたんすよ。いやあ、けっこう大変でした。ＰＤＦファイルはテキストでデータが拾えるわけじゃないっすもん」

言いながら、コーイチはちゃっかり仙龍の隣に腰を下ろした。

「ども。俺、崇道浩一《すどうこういち》っす。まだ法被前《はっぴまえ》の駆け出しっすけど、けっこう真面目な性格で……えと、二十四歳、彼女募集中。なんちて」

「私は二十六歳です」

顔を上げもせず答えると、コーイチは、はにかみながら、

「自分、年上の女性に憧《あこが》れる年頃なんすよねぇ」

と、鼻の下を伸ばした。

「仕事の話に戻らせていただいてもいいですか?」

いなすように、春菜は言葉を尖らせた。

「どうぞどうぞ、俺は静かにしています」

「昨夜ネットで検索したので、蒼具神社で変死が相次いでいるという情報は知ってます。オカルト板では鬼の仕業《しわざ》みたいな取り上げ方もしていましたけど、まさか、ちゃんとした新聞に記事が載るような話だとは思いませんでした。犠牲者も、こんなに大勢いたなんて」

静かにしていますと言った舌の根も乾かぬうちに、コーイチはまた身を乗り出した。

「そうなんす。ってか、怖くないっすか? この人たち、全員八月の末に死んでるんすよ。しかも、どの死体も口がないって、ありえねーっすよ」

「でも、野犬の仕業なんでしょう?」

春菜は仙龍だけにそう訊いた。

「野犬のせいでも、事故であっても、因縁がらみで不幸が続けば、人はそれを祟りと呼んで、恐れたり、かしこまったりするんだよ」

「じゃ、ただの偶然ですか？」

「そうじゃない。蒼具の因縁は根が深いと言っているだけだ」

「こんな事件があったから、役場の人が屋敷に手を付けたくないって言ったのね」

春菜はため息をついて、記事のコピーを年代順に並べ直した。

「蒼具神社と蒼具家は、いったいどんな関係なの？　変死人が出るのは蒼具神社で、あの屋敷は関係がないのよね？」

「でもっすよ、蒼具神社の祭神は、オクラサマってことになっているんす」

「オクラサマは蒼具家の屋敷神でしょ？　守り神よね？」

顔を上げると、仙龍の真剣な眼差しと目が合った。

「屋敷神ね。だが、その正体は祟り神だと、俺も教授も考えている」

不覚にも、ぞっとした。

「まーたまた私を怖がらせようとして」

春菜は微かに笑ってみせたが、仙龍もコーイチもニコリともしない。

「祟り神は怨霊《おんりょう》の場合が多い。祟りを恐れるあまり、神として祀り上げ、平穏を願うんだ。――云々自ら腕を斬り、鬼と記して身罷りたり。障り封じの為云々――三代目蒼具清左衛門が封じようとしたのがオクラサマだったとすれば、土蔵が封印された理由に説明がつく。土戸に書いたおぞましい文字で、祟り神を土蔵に閉じ込めた。血文字は結界だったんだ」

確かに血文字には迫力があった。春菜は土蔵から逃げ出したかったが、血文字が怖くて動けなかった。清左衛門は自らの血で鬼を生み、土戸の番をさせたのだろうか。

「ただの神様じゃないというの？　じゃ、二百年前に曳き屋したとき、あの下にオクラサマが閉じ込められたってこと？　二十年後に何かが起きて、また封印しなきゃならなくなった？」

「教授が調べたところでは、蔵を移転したのも清左衛門だ。三代目当主を継いですぐ、蔵をあの場所に曳き移転している。隠温羅流が曳く場合、理由は二通り考えられる」

また、『おうらりゅう』と言った。そう思いながら、春菜は別のことを訊いた。

「二通りって？」

「すでにある因縁を祓って曳く場合。曳くことによって因縁を祓う場合のふたつだよ」

理解できずに、春菜は無言で首を傾げた。

「二百年前の曳き屋は後者だったのかもしれない。あんたがお札と呼んだ床下のあれを、教授は因縁物の印だと言ったが、厳密にはそうじゃない。その物体は然るべき理由でそこにあるのだから、迂闊に手を出さずに調査せよという警告の印だ。陰に発するから陰に記す。ひっそりと受け継がれる裏の作法だ」

「え？　え？　よくわからないわ。つまり、あの場所には何かの因縁があって、それを祓うための曳き屋だったと？　因縁って、何？」

「それがわかれば苦労はないっす」

コーイチが偉そうに言う。

「蒼具村を起こしたのは蒼具家だ。あの場所に流れつき、山を開墾して麻畑を作り、麻こぎをして室内に蓄《たくわ》え、冬に釜《かま》で煮て雪に晒し、繊維を精製して売り出した。雪に晒すことで白く丈夫になった麻は、全国に出荷されるほどの人気だった。蒼具家はやがて本百姓になり、後に庄屋を拝命する。家人には学識者も多く、寺子屋を開いて村の子供らに学問を教えた。地方の山村にありながら、近代的な教育を分け隔《へだ》てなく村民に施した名士なんだよ。私腹を肥やすより、村の繁栄を優先させた立派な一族、それが蒼具家だ。裏庭を女たちに開放し、夜参り講に使わせた。蒼具村の歴史は蒼具家の歴史そのものだ」

「なんだか時代を感じちゃう。でも、その話のどこにも因縁なんか感じないわよ」

「だからこそ、謎っすよねぇ」と、コーイチが笑う。

「蒼具家最後の権蔵さんは、死ぬまで蒼具家の行事を守り続けていたそうす。年間通すとけっこうな数の行事があるんすよ。つか、それもこれも、迷信が生きてる証拠なんすよ？」

　春菜はふと、昨夜の記事を思い出した。

「そういえば、村では隠れ鬼が禁忌だと、オカルト板に書かれていたわ。遊びに鬼がまじり込み、見つけた者を本物の鬼に変えるからって。その鬼がオクラサマなのかしら」

「常にではなく、カミガエシの時期に隠れ鬼をするのが禁忌なんだよ」

　仙龍は頷きながら話を続けた。

「カミガエシでは蒼具神社を清め奉り、土蔵を開いて供物を捧げ、呼ばわった後、蒼具神社まで火を灯す。八月十日と聞いている」

「迎え火の逆バージョンっすね」

「迎え火って？」

　どや顔のコーイチに、春菜が訊く。

「盆に墓地や玄関で焚《た》くヤツっすよ。あれ、春菜さん知らないんすか？　さてはお墓参りに行ってませんね？」

「我が家は家族全員健在で……っていうか、私たちの業界は連休のときほど忙しくって、お盆は特にイベントが多いの」

「かもしれないっすけど、ご先祖には手を合わせておいたほうがいいんすよ？」

　偉そうに人差し指を立てて、コーイチは続ける。

「迎え火つーのは、祖霊をお迎えするときに焚く目印の火のことす。このあたりでは樺《かば》の皮を使うんすけど、迎え盆にお墓で火を焚いて、その後、家の玄関でも焚くんすよ」

「なんのために」

「道案内のためだ。死者はその火の明かりを頼りに自宅へ帰る。かつては、墓地で焚いた火を提灯《ちょうちん》に移し、その火で家まで死者を招いた。送り盆ではそれを逆にして、死者を墓地まで送り届ける」

「そっちは送り火つーんです。迎え盆に焚くのが迎え火で、送り盆に焚くのが送り火っす」

言われてみれば子供の頃、帰省した母の実家で盆に火を焚いた経験がある。夕暮れどき、家々の玄関先で燃える火を、敬虔《けいけん》な思いで見つめたものだ。

あれは、生者が死者と交わす灯りの言霊《ことだま》だったのか。

「……そう考えると、カミガエシは、『神を帰す』の意味かしら」

「俺たちはそう思っている。灯した明かりは順繰りに消され、最終的に蒼具神社にのみ灯される。つまり、蔵の祟り神を神社へ送る行事ではないかと」

「それが蒼具家のお盆なの?」

「いや。その後に普通の迎え盆もしたらしい」

春菜は想像を巡らせた。土蔵の扉が開かれて、裏山へ向けて火が灯る。灯し火を追って祠へ着くと、周囲にはもう火がなくて、オクラサマは神社に足止めされる。その後、蒼具家では通常の迎え盆をしたという。

「なんだか仲の悪い同士が鉢合わせしないようにしているみたい」

「さすが春菜さん、頭いいっすね！」

コーイチがポンと手を叩く。小柄で、猿顔で、シンバルを持ったオモチャみたいだ。

「先祖とオクラサマが鉢合わせしないようにした。いえ、待って。それなら、オクラサマがまた戻されるのはどうしてなの？　神社にそのまま祀られていればいいわけでしょう？」

「カミガエシには続きがあって、送り盆の夜、今度は蒼具神社から近くの川まで火を灯す。そして最後に残された火を、藁舟《わらぶね》に載せて流すんだ」

「オクラサマを川へ流した？」

イメージしたのは流し雛《ながしびな》だ。人形《ひとがた》で体を撫《な》でて災厄《さいやく》をうつし取り、桟俵《さんだわら》に載せて流したのが始まりと聞く。流し雛は厄祓いの呪いが起源だ。

「祟り神なら辻褄《つじつま》が合う。祖霊が彼岸へ戻るとき、それに力を貸すのかもしれない」

「待って待って、そんなの変よ」

山深い郷の暗がりで、清流を流れていく儚《はかな》い灯りを想像し、春菜は思わず頭を振った。

「流せたなら、毎年カミガエシをする必要はないわ」

「社長と小林教授が言うには、流しても、流しても、帰せなかったんじゃないかって。そんだけ恨《うら》み辛《つら》みが深すぎたってことすかね。だから、仕方なくまた土蔵に封印する。んで、オクラサマがウロウロしているわずかの隙に、隠れ鬼しちゃうと犠牲になると」

たしかにそれなら辻褄が合う。隠れ鬼、花いちもんめ、かごめかごめも通《とお》りゃんせも、鬼を呼ぶ遊びに違いない。

オクラサマは帰らない。しつこく村に棲み着いて、川にも流せず、蒼具神社にもとどまらず、彷徨《さまよ》い続けて災《わざわ》いを為す。帰せない神だからこそ……

「土蔵はあの場所になければならない？」

「迂闊に蔵を動かせない理由は、そこにある。神に祀り上げてもオクラサマには通用しない。オクラサマの望みはそこじゃないんだ。オクラサマが何なのか、なぜ祟り神になったのか、それを探らずに屋敷に手を付けるのは危険なんだよ」

「いい歳《とし》した大人なのに、私たち、どうしてこんなに真剣に、迷信について話し合ってるの」

「迷信は力だ。信じる者がいる限り、その効力は失われない。現に蒼具神社では複数人の子供が死んでいる。野犬のせいにされてはいるが、何に襲われたのかもわかっていない。謎をクリアにしておかないと、施設はうまく機能しないぞ」

「道の駅で何か問題が起きるたび、祟りのせいにされちゃうんすよ」

「どうすればいいっていうのよ」

「オクラサマの正体を知ることだ」

仙龍は見積書を引き寄せて、名目欄を改めて開いた。そこには『供養料』のほかに『家《いえ》主《あるじ》立ち会い料』が計上されていた。

「家主立ち会い料って、何？」

「俺はあんたよりずいぶん早く小林教授に呼ばれたからな。すでに相応の調べは済ませたんだよ。蒼具家を村に寄贈した女性は金沢にいる。名前は美子。亡くなった権蔵さんの末娘で、昭和二十七年八月に変死した蒼具由紀夫の妹にあたる」

それはつまり、春菜が探そうと思っていた、古記録の展示許可を得るべき人物だ。

「連絡先もわかっているんですか」

「電話で話した。土蔵を曳き屋するときは、彼女を含め因縁を信じる者全員が立ち会って、障りを祓えたことを知ってもらわなきゃならないからな」

「それをやっておかないと、祟りは再燃するんですって」

こそりとコーイチが補足する。

「美子さん自身も蒼具家の謎を知りたいと、ずっと思っていたそうだ」

仙龍は席を立ち、神棚に向かった。歩きながら内容を説明する。

「蒼具由紀夫が変死した夏、彼女は兄と禁忌を破った。大人たちがカミガエシに出かけた隙に、土蔵で隠れ鬼をしたそうだ。言い出したのは兄の由紀夫で、ちょっとした肝試しのつもりだったと」

「まさか。それが変死の原因だってこと？」

神棚から何かを押し戴《いただ》いて、仙龍は振り向いた。

「変死の原因が何なのか、それを彼女は知りたいそうだ。屋敷を手放した理由も同じで、実家はそれ以来、忌《い》まわしい場所に変わってしまったと言っている」

「他県にいる理由も、それなの？」

「そうらしい。彼女は土蔵の二階に隠れたそうだ。鬼をしたのは兄の由紀夫で、昔の記憶なので定かではないが、最初に見つかったのも兄の由紀夫だと言っていた」

「見つかったって、いったい誰に？　ほかにも隠れ鬼をしていた子供がいたってこと？」

「彼女もそこがわからないという。兄が、『もういいかーい』と呼ぶ声と、鬼が、『みーつけた』という声を、確かに聞いたと彼女は言うんだ。見つかったのは兄だった。兄は自分の身代わりに、見つかってくれたと彼女は言った。あのとき、自分たちのほかに誰がいたのか、それが不思議でならないと」

遊びに鬼がまじり込み、見つけた者を鬼にする。ネットの記事が脳裏を巡る。蒼具家の土蔵は空っぽだった。祟り神が棲んでいるから、土蔵としては使えないのだ。

「そのとき、何が起きたのかしら？」

「兄がオクラサマになるのを見たと、彼女はそう言っている。どういう意味かは、訊いても答えてくれなかった。禁忌を破ったせいで兄は死んだと、彼女はそう信じている。だからこそ、あの家を早く手放したかったと」

「マジ怖《こえ》えっす」

コーイチに言われるまでもなく、春菜も薄気味悪かった。くだらない迷信とばかにしていたのに、ここまで駒《こま》が揃ってしまうと、一笑に付すことはできなくなってくる。

「蒼具由紀夫が変死した日、彼女は蒼具神社へ呼び出されていた。町の学校へ戻った兄が手紙をよこして、蒼具家の古いアルバムを持ってきてほしいと伝えたからだ」

「アルバムを？　なぜ」

仙龍は美子の手紙を春菜に見せ、中から黄ばんだ紙を引き出した。

「待ち合わせ場所へ行く途中で拾ったと、彼女が送ってきた物だ。異様な気配に蒼具神社まで行くことができず、家に戻って家人を呼んだ。親たちが山から連れ戻ったのは、惨《むご》たらしい兄の亡骸《なきがら》だったと」

土蔵の冷気が事務所に降ってきたようで、春菜は自分の二の腕をさすった。

黄ばんだ紙は写真であった。学生たちが校舎の前で撮ったスナップで、白シャツに黒ズボンの若者五人が、肩を組んで写っている。だが、

「え？」

春菜は眉をひそめて口を覆った。左から二番目に立つ背の高い少年だけが、なぜか真っ黒になっていたのだ。

学生たちは横一列に並んでいる。それなのに彼だけが影になり、弾ける笑顔も、聡明《そうめい》そうに整った顔も、夜のように沈んでいる。

「その、黒くなった少年が蒼具由紀夫だ。さらに、ここ」

仙龍は由紀夫の顔を指先で突いた。

「あっ」

春菜は思わず小さく叫んだ。由紀夫の顔は、鼻から下が不鮮明だ。いや、不鮮明というよりも、

「まるで、口がないみたい」

「美子さんと隠れ鬼をしたとき、由紀夫もまた、何かを見たか感じたかしたんだろう。学校に戻った直後に撮られた自分の姿に恐怖して、妹に手紙を書いた。興味本位で禁忌を破ってしまったことを大人に相談できなくて、自分で呪いを解こうとした」

「アルバムで何かを調べたかったとか？」

「たぶんな」

「これってガチじゃないっすか。ね？　そうっすよね？」

顔を覆った指の隙間から、コーイチは小さな目をしょぼしょぼさせた。

「そこで、だ。あんた、これから蒼具へ行く気だったろう？」

「そうですけど、それが何か？」

「ついでにこいつを」

と、仙龍はコーイチの頭をぐっと摑んだ。

「連れていって、蒼具家のアルバムを調べてほしい。役場には連絡しておいたから」

「はあっ？　なんで私が」

仙龍は涼しげに目を細め、唇に微かな笑みを浮かべた。

「どうせ母屋の調度品を物色するつもりだったろう？　資料館には相応の展示品が必要だからな。そっちもコーイチに手伝わせてかまわないから、アルバムと、仏間の写真と、ついでに過去帳も調べてほしい」

「社長、過去帳って？　あの過去帳のことっすか？」

「そうだ。戒名《かいみょう》、俗名、死亡年月日に享年《きょうねん》まで、過去帳を見れば故人のことが概《おおむ》ねわかる。俺も仕事が終わったらそっちへ行くから。じゃ」

「怖えーけど、お手伝いさせてもらいます」

「え、ちょっと、あの、ねえ」

春菜が口をパクパクさせている間に、仙龍は席を立って事務所を出ていってしまった。後にはお猿のオモチャみたいなコーイチが、ヘラヘラ笑いながら立っていた。

其の三

陰の曳き屋師　隠温羅流

「高沢さんって、彼氏とかいたりするんすか？」

助手席に座ったコーイチが、車内を見回しながら訊いてくる。彼を乗せるために、春菜は自分のバッグと道の駅の図面、仙龍に渡しそびれた焼き菓子の包みを、後部座席へ追いやらなければならなかった。

「それ、今回の仕事と関係のある話です？」

ハンドルを握りながら冷たく言うと、コーイチは、

「いえ、まったく関係ありません。俺が個人的に聞きたいだけっす」

と、悪びれもせずに頭を掻いた。春菜は小さくため息をついた。

正直にいうと、こんな軽薄そうな青年でさえ、あの家に一緒に行ってもらえるのはありがたかった。受注前の案件に同僚の手を煩わせるのは気が引けたし、かといって、現地調査を終えないと保存品リストが作れない。春菜は蒼具家に独りで行くのが怖かったのだ。

「彼氏はいない」

春菜は素直にそう答え、

「作る気もないです」

と、相好を崩しかけたコーイチをピシャリといなした。

「私、仕事が大好きで……ていうか、そうそうタイプの男性になんか、巡り合わない」

「キャリアウーマンって感じがシビレるす」

悪びれもせずにコーイチが笑う。

このペースで会話が進むかと思うと、春菜はなんだか辟易した。カーナビによると、蒼具村までは一時間以上の距離がある。

「ねえ。さっき聞こうと思ったんだけど、法被前ってどういう意味なの?」

ため口で話しかけると、コーイチはわずかに背筋を伸ばし、小さな目をハの字に細めた。

「隠温羅流では、研鑽《けんさん》五年で初めて流派の法被がもらえるんすよ。俺は二年目だから、まだまだなんす。まあ、法被がもらえたっても見習い期間が終わっただけで、一人前ってわけじゃないんすけどね。曳き屋工事をするときは、法被姿の人足がずらりと並んで、導師が箱を導くんすけど、それがもう、メチャクチャかっこいいんすよ。俺、中坊んときにたまたまそれ見て、社長の勇姿に惚《ほ》れちゃって、すぐに弟子入りしたかったんすけど、親から大学までは出とけって言われて、こんなに遅くなっちゃったんす。大学行かずにここへ来てたら、すでにもらえてたんですけどねえ法被。真っ白でかっこいいんすよ?」

「今、『おうらりゅう』って言ったわよね?」

話を遮《さえぎ》って春菜が訊くと、

「そっすよ」と、コーイチは頷いた。

「名前もかっこいいすよねえ。隠温羅流は因縁切りを旨とする陰の流派で。ま、もちろん普通の工事もやるっちゃ、やるんすけどね？　そのへんは業界でちゃんと住み分けしてるっつーか」

「え、え？　どういうことなの」

「どういうことって？　そういうことすよ」

コーイチはきょとんとした顔をこちらへ向けた。見積書に記載された金額なしの供養料や、蒼具由紀夫の写真のことが、現実味を帯びて響いてくる。

「陰の流派なんてものがあるの？　建築業界に？」

「建築業界にはどうすかねえ。俺、この会社しか知らねえし、なんたって法被前っすし」

ウインカーを出して、ハンドルを切る。車の前を行き過ぎるのは、いつもと変わらぬ町の景色だ。町並みは整然として、空は青く陽射しは強い。春菜が生まれて育ってきた、平穏無事な常《つね》の世界だ。

「どう書くの？　おうらりゅうって」

「隠す、隠れる、世間から離れるの『隠』つぅ字に、岡山の吉備《きび》に伝わる鬼の名前、温羅《うら》を用いて隠温羅っす。思うに流派の創始者は、吉備の鬼神だったのである、なんちて」

睨み付けた春菜を見て、「冗談っすよ」と、コーイチは笑った。

「じゃ、二百年前にあの土蔵を曳いた隠温羅流って？」

「当時の鐘鋳建設っすよね。間違いなく」

因縁深い、蒼具の土蔵……と、春菜は心で呟いた。

「ね、もうひとつ聞きたいんだけど、鷹《たか》の爪みたいな三本指のマークって知ってる？　これから行く土蔵の床下に、それを書いたお札が貼ってあったんだけど」

「因のことすか」

あっさりと、コーイチは答えた。

「いん？」

「隠温羅流の印章っすよ。普通に文字を使う場合には、印鑑の印の字を使って『いん』って呼ぶらしいんすけどね、うちは文字じゃなく『形』でするんで、龍の前脚を使ってるんす。これ、相手が人じゃないからなんすよ」

「あれは鷹の爪ではなくて、龍の前脚だったのね」

「そっすよ、でも、因の由来は、まだ教えてもらえてねえんすよねえ」

「法被前だから？」

あはは。と、コーイチは高笑いして、

「面目ないす」と、首をすくめた。

この現代に、しかも街からわずか小一時間の山村に、不気味な因習にまみれた村があり、いまだに禁忌が生きていて、大真面目に祟りを語る大人たちがいる。山村ミステリーを企画の柱にする考えは、あくまでも、ネタと捉《とら》えてのことだったのに。

(売上試算六千五百万。打倒、にっくき長坂設計)

くじけそうな心に金額を唱えて、春菜はアクセルを踏み込んだ。

蒼具村へ向かう国道は、かつては市と市を結ぶ主要幹線道路であったが、別に高速道路が通ったことで、交通量が格段に落ちた。仕事不足から村を去った住人も多く、村は過疎化の一途を辿《たど》っている。そのために、道の駅建設に住民が寄せる期待は大きい。当然だろうと、春菜も思う。

市街地からしばらく走ると、道は山へ入ってゆき、両脇に、今どき珍しい木の電柱が並ぶようになる。上下に分かれた電線の間に夥《おびただ》しい蜘蛛が巣をかけて、まるで鳥網《とりあみ》があるかのようだ。昨日、村へ向かうとき、蜘蛛の巣に太陽が照り返し、その凄まじさに感心した。蜘蛛が織りなす自然の網が、こんなにも密集する光景を見たことはなかったからだ。

その先はしばらく森が続いて、ようやく視界が開けると、そば畑の彼方《かなた》に北アルプスが連なって見える。道は続き、次第に細くなり、渓流と山肌に挟まれるばかりになると、青空は木立に隠れてわずかしか見えず、茂る樹木の合間から、朽ち葉が降ってフロントガラスを叩き始める。

標高の高いこのあたりまで来ると、夏は盆過ぎに急速に終わる。下草の間で鳴く虫も、わずかに色褪《いろあ》せた木々の色や、風の匂いも空の色も、日一日と秋に傾いていく。蒼具村に雪のない季節は、一年のうち五ヵ月しかないという。

バス停には風避けの小屋がかけられて、空き家から持ってきたようなソファに、バスを待つふうでもなく老人が座す。古い写真のような光景の先に、ようやく、蒼具家の練塀が見えてきた。


昨日の路側帯に車を止めると、女衆の庭の脇に工事用の駐車スペースが用意されているはずだとコーイチが言う。その場所へ車を回すと、『蒼具村』と書かれたADバンで、若いほうの役場職員が待っていた。コーイチとは既知の仲らしく、ウインドウ越しに会釈する。

「地域開発課の山田《やまだ》です。昨日はお世話様でした。課長の命令で母屋の鍵《かぎ》を開けに来ました。あの家は一応、村の財産ってことになっていますから」

「ありがとうございます」

母屋へ案内するというので車を降りると、低い柵越《さくご》しに女衆の庭が見て取れた。

目を惹《ひ》いたのは中央にある四角い小屋で、朽ちた壁に蔦《つた》が這い、屋根まで伸びきった蔓《つる》の先が、行き場をなくして揺れている。窓もない小屋が庭の真ん中に置かれているのは、なんとも奇妙な光景だ。女衆の庭に樹木はなく、どぎつい赤と黄色の菊だけが、浮き島のように植えられている。

カラカラカラ……カラカラ……

風が吹くと、一斉に風車が回る。今日は赤ん坊の声が聞こえなかったが、夥しい風車の圧倒的な朱の色は、一種異様な迫力で春菜の視界に迫ってくる。

「あの風車は、なんですか？」

「さあ」

と、山田は首を傾げた。

「子供の頃からありましたけど。そういえば、あれがなんなのか考えてみたことはなかったですね。ただ、小林教授がこの家に興味を持ったきっかけが、あの風車だったそうですよ。昔の夜参り講と関係があるみたいなことを言っていましたが」

「誰が飾っているんですか？」

「今は婦人会が作っていますね。飾るのも婦人会の人たちですが」

「その人たちは風車の謂れを知らないんですか？」

「うーん……と、そう……なんて言っていたかなあ」

山田は人差し指でこめかみのあたりをカリカリ掻いた。

「朱い色が魔除けになるのと、地面に挿すと、回るときの振動でモグラが逃げるとかだったかな。ここは山で、平地がなくて、麻や煙草《タバコ》の栽培が廃《すた》れたあとは、狭い畑の収穫が頼りだったから、そんな風習が残ったとかじゃないでしょうか。もしかして御婆なら、謂れを知っているかもしれませんけれど」

「モグラは菊の根も食べるのかしら？　あの風車、全部が同じ作りですよね。材料はどうしているんです？」

「広告代理店の人って、さすがにそういうところに目がいくんですねえ。軸になっているのは篠ですよ。篠竹っていったほうがいいのかな、そのへんの山に自生してます。紙は紅《べん》殻《がら》で着色した和紙に油を染みこませたものです。作り方は昔から変わっていないと思います。けっこう凝っていて綺麗なんで、道の駅ができたら名産品のひとつとして売ろうって話もあるんですが」

「いいアイデアですね。素朴で温かみがあるから、きっと目を惹くと思うわ」

「御婆ってなんすか？」

横からコーイチが訊いてきた。

「ああ。御婆ってのは、神降ろしをやる婆さんですよ。裏山の先の集落に独りでいます。村の最高齢だから、村長も課長も御婆には頭が上がらないんです。おねしょしていた頃の話とかされちゃうもんで」

そう言って山田は可笑《おか》しそうに笑った。

「もうすぐ百歳になるんじゃなかったかな。でも元気なんですよ。今でも毎日庭の手入れに来てますよ。雰囲気がもう、怖いんですよね。ここが道の駅になるのは大反対で、白髪頭を振り乱して『祟りがある』なんて言われちゃうとね、ビジュアル的にもきつくてね」

「コアな婆さんなんっすねえ」

コーイチが同情するように頷いた。

春菜は、首なし地蔵のある庭で見た不気味な老婆を思い出していた。あのときはてっきり幽霊だと思ったが、もしかすると、あれが御婆だったのかもしれない。

「ところで山田さん、あの木の小屋はなんですか？　なんだか壊れそうだけど」

「外便所ですね。もう使われていないけど」

「トイレなんですか？　庭の真ん中に」

「ええ。おかしいでしょう？　蒼具家の便所はほかにちゃんとあるんですよ。だからたぶん、公衆便所だったのかなあ。俺の知る限り、昔からあんな感じのボロボロでしたけど、課長が子供の頃は、もっと山のほうにあったみたいです」

「移動したってことですか？」

「たぶんそういうことでしょう。ボットントイレですからね、満杯になったら埋め戻して、別の場所にまた穴を掘ったみたいです。夜参り講も、裏庭も、昔は男子禁制で、持ち主である蒼具家の男たちでさえ、庭に入るときは女衆から許可をとったらしいです。あ、もちろん今は違いますよ」

「なんだか複雑なんですね。興味深いわ」

そのあたりのことも調査すれば、資料館の展示に厚みが増すことだろう。春菜は山田の話をメモに取った。

「でも、これも昔の話になっちゃいますね、道の駅ができれば。じゃ、こっちへどうぞ」

女衆の庭から母屋へ向かうほうが近道なのに、山田は迷うことなく道路に出ると、長い塀伝いに晒し場を目指して歩き始めた。

「俺、女衆の庭が嫌いなんですよ。土蔵もだけど、石仏だらけの中庭とかね、なんか気味悪くって。なのに、役場では一番下《した》っ端《ぱ》だから、課長の命令で、週に一度は母屋に風を通しに来るんですけどね」

「一番下っ端、俺もっすよ」

コーイチが天真爛漫《てんしんらんまん》に相づちを打つ。

「怖くないですか？　古い民家って」

「怖いす怖いす。俺もそっち系は全然ダメで」

「ですよねえ」

山田は振り向いて、眉尻を下げた。

「ここって、もともと奇妙な土地で……課長がまた、脅すんだものなあ」

「脅すんすか？」

コーイチはちゃっかりと、山田の隣に進み出た。

「そうなんですよ。こういうので」

山田が胸のあたりで両手の甲をゆらゆらさせると、

「うそっ」と、コーイチは指先を咥《くわ》えた。

「やっぱ出るんすか？　マジここで？」

山田が深く頷いたのが、後ろの春菜にもはっきりわかった。

「課長がね、子供の頃に夜参り講を覗きに来たことがあったんですって」

そう言って山田は春菜を振り向いた。年齢の近い三人だから、親近感も湧いてくる。

「ええ。それで？」

「男子禁制なんて言われてしまうと、俄然《がぜん》興味が湧きますよねえ。俺も男だから課長の気持ちはわかるんです。夜参り講は満月の夜にやったらしいですが、俺の親たちの時代には、もう廃れていました。でも、課長の婆ちゃんや母ちゃんまでは、講に通っていたそうなんです。女たちが集まって、あの裏山で夜を明かす」

山田が指す先を振り返り、春菜は訊いた。

「山でお泊まりしたんですか？」

「泊まったのかはわかりません。課長なんかは、夕食後に母親たちが出かけても、朝には布団で寝ていたものだと言ってます。夜参り講に関しては、男が訊いてはいけない雰囲気があって、だからこそ、怖いもの見たさが止められなかったらしいです。講の集会場は、もともと蒼具神社のあたりにあったようですが」

「そのための公衆トイレだったのかしら」

「そうかもしれない。あのトイレ、中はけっこう広いんですよ。真ん中に穴があるだけの、何もない空間なんですが。外便所と呼んではいるけど、普通のトイレって感じでもないんですよね。たぶん十人くらいが一緒に入れる感じです」

「なんなんすかねえ？　不思議っすよね。ま、ここならどこで雉撃《きじう》ってもよさそうっすもん。トイレでなくっても」

「雉を撃つって？」

　春菜が訊くと、

「野グソのことっす」

と、コーイチは答えた。

長い練塀の先に門が見え、山田は微かに歩調を緩めた。

「母親たちが出ていった夜、課長は友だち二人を連れて、こっそりここへ来たんですって。外灯なんかないですからね、満月のはずが、曇ったら、まったくなんにも見えませんよ。親たちの姿も見つからず、来た道も見えない暗闇になって、罰が当たったと思ったそうです。そうしたら……」

怪談効果を狙《ねら》ってか、山田は声を低くした。

「裏山の、蒼具神社のあたりから、人魂《ひとだま》がふたつ下りてくるのを見たそうです」

「まーたまた」

苦笑いしながらもコーイチは、首をすくめて裏山を見た。

「本当なんです。そうしたら、裏庭のほうからも人魂がふたつ、神社へ向かって登っていったと。逃げながら振り向くと、幾つもの人魂が山を登り下りしていたそうです。で、この話なんですけどね、小林教授が、蒼具家の古記録にも記載があると」

春菜は両腕の産毛《うぶげ》が逆立《さかだ》つ気がした。

「古記録によると、その人魂をハラミノ火と呼ぶそうで、それを見た女子は帯から下の病《やまい》に罹《かか》り、男子は水垢離《みずごり》しないと災厄をかぶると」

「げ。じゃ、課長は災厄をかぶったんすか？」

「家に帰ったら父親に首根っこを摑まれて、井戸で頭から水をぶっかけられたって。あれがつまり水垢離だったと、いたく感心してましたけどね」

そう言うと、山田はカラカラと豪快に笑った。

「着きました。今、大戸の鍵を開けますんで」

蒼具家の玄関は木製の大戸になっている。長坂が『けっこうな値がつく』と言ったとおり、材質は檜《ひのき》で一部が潜り戸《くぐど》になっており、そこに安価な南京錠《なんきんじょう》がつけられていた。おそらく役場が後付けしたもので、山田はポケットから鍵を出し、ゴミ集積所を開けるような気軽さで鍵を外した。

「どうぞ。今、窓を開けます。暗いんで気をつけて。権蔵さんがいた頃のままになってますんで」

山田は慣れた様子で潜り戸を入る。春菜は恐る恐る中を覗いた。

母屋は入ってすぐが広い土間になっており、古い農具や大きな竈《かまど》がまだ残されていた。体を屈《かが》めて内部へ入ると、湿った土と、藁と埃の匂いがする。

「権蔵爺さんは、よく我慢して暮らしてましたよ。ここ、冬はかなり寒いんですよ。奥にサッシの部屋もありますけどね。広いし、天井は茅葺きだし、ほぼ吹きっ晒しみたいなものでしょう？　寒かったと思うんだよなあ」

話しながら、山田は土間の高窓を開けていく。窓にはガラスがはまっておらず、板を引き上げ、棒で留める形式だ。屋外の明かりが斜めに落ちて、閑散とした土間に四角を描く。

「ホント、博物館にあるみたいな家っすよねえ」

コーイチが、のけぞるほどに体を倒して天井を見上げる。天井は煤《すす》けた梁が剝《む》き出しで、屋根に葺かれた茅の束《たば》が柱に縄で括られているのがよく見える。

「あー、やっぱ、よく考えられているっすねえ。接合部分が縄だもん。雪の重みで屋根がたわんでも、縄が緩衝材になるんっすよ。昔の人って、すげえっす」

そうなんだ。と、春菜は思った。梁に渡した板の上には、埃まみれの荒縄や藁が載せてあったが、そこに麻糸があるのを見つけて、春菜はスマホのカメラを向けた。

「山田さん。天井にあるのは麻ですか?」

「あ? ああ、そうかもですね」

「あの麻糸は、保管しておきたいです。土蔵を展示保存する際に、蒼具村と麻の関係や、村の生活の様子なんかも紹介したいと思うんです。展示資料になりそうなものは、すべて保存させてほしいんですけど」

「どうせ壊してしまうんだから、いいと思いますよ」

「あと、現状残されている物品のリストは作っていますか?」

「いえ……そのあたりは設計士さんにお任せなんじゃないのかなあ。寄贈主の意向では、全部取り壊していいということだったので」

やっぱりそうか。春菜は計算高い長坂の顔を思い浮かべた。

「では、弊社でざっくりとしたリストを作らせていただいてもよろしいでしょうか? 幾つかを資料館へ寄贈していただいて、展示保存に使いたいので」

山田は、「そうですよね」と、微笑んだ。

「そのほうがありがたいです。蒼具家は、どう言ったらいいのかな。村のシンボルみたいなところもあって、何もかもなくなってしまうのは、俺ですらちょっと淋《さみ》しい気持ちがあるんですよ。だから、何か残せるなら、村の人たちも喜ぶと思うんですよね。詳しいことは課長と打ち合わせしてもらうとして、一応、アーキテクツさんの意向は伝えておきます」

「ありがとうございます。それでは、ざっと室内を見せていただいて、保存したいもののリストを作ってきます」

「ええ、お願いします」

山田が窓を開け終えると、ようやく土間が明るくなった。大戸の脇には馬小屋と農機具置き場が並んでおり、向かいは竈を設えた台所で、左手奥が沓脱ぎ場と、囲炉裏部屋になっている。煙抜きの小屋裏にぼんやりとした光が落ちて、氷柱《つらら》のように垂れる埃の塊《かたまり》を照らしていた。

「鐘鋳建設さんとアーキテクツさんは、これを使ってくださいね」

山田は沓脱ぎにスリッパを揃えて、二人を呼んだ。

「一応、ここと晒し場のあたりに建物が来て、土蔵から裏庭までが駐車場になる予定でしたっけ？」

「当初の図面はそうなっていましたが、土蔵を残すことになったので、どこへ曳き移転するか、それによって建物の配置が変わるかもしれません」

「ですよねえ。ところで、今日は、仙龍さんは？」

「今日はほかの現場っす」

春菜とコーイチが靴を脱ぐ間に、山田は囲炉裏部屋に上がって電気を点けた。

部屋は板敷きで、磨《みが》き込まれた床板が黒光りしており、靴下で立つと、足の下に歴史を踏んでいるような気にさせられる。春菜は山田が揃えてくれたスリッパを履いた。

ざっと片付けられてはいるものの、部屋には故人の痕跡がまだありありと残されていた。隅に積まれた新聞紙。手の届く範囲に置かれたティッシュボックスやメガネや薬。天井に祀った神棚の下で、煤けた繭玉が揺れている。

「いずれにしても、仙龍さん次第ってことですかねえ。土蔵を移動しないことには基礎工事も始まらない。敷地のど真ん中に建っているんですものね」

言いながら、山田は囲炉裏部屋の奥の襖《ふすま》を開いた。そこは座敷《ざしき》のようだったが、雨戸を閉め切った室内は暗く、随所に闇がこもっている。蛍光灯に絡んだ蜘蛛の巣に灰色の埃がまつわりついて、卓袱台《ちゃぶだい》ひとつの室内があまりに侘《わび》しい。

この座敷は中の間と呼ばれる場所で、もともと家人が使う部屋ではなかったという。往時、蒼具家には藩主が訪れることがあり、中の間から奥は武士のための空間だったのだ。鬱蒼とした中庭もまた、蒼具家に滞在する武士のために設えられたものだったそうだ。

「そのあたりのことまでまとめたら、けっこう見所の多い資料館になりそうね。この母屋も、取り壊す前にきちんと撮影させてほしいなあ」

春菜は随所でシャッターを切り、プランの筋道を思い描いた。

一方で、男二人は建物に風を通すため、雨戸を開けるのに腐心していた。建物が歪《ゆが》んでいるために、雨戸が枠に喰い込んでスムーズに動かないのだ。コーイチは縁を爪先《つまさき》で蹴りつけて、しごく器用に雨戸を開けた。

「さすがは大工さんっすねえ」

コーイチの口調を真似て、山田が称《たた》える。

「山田さん。実はお願いがあって、この家のアルバムを見せてほしいんっすよね。あと、仏間の遺影も見てくるようにって、社長から」

「仏間ですか。いいですけど、気味が悪いんですよね。遺影とかが、たくさんあって」

山田がそう言ったとき、カタンッと、どこかで音がした。

「今の、何?」

春菜が怯えた声を出す。

「ほらね。こういうところが不気味なんですこの家は……今日は独りじゃなくてよかったなあ。アルバムは、権蔵さんの葬式のときに娘の美子さんも探していたけど見つからなくって。でも、俺、後で探したんですよ。すべて処分していいと言われてはいるんですけど、せめてアルバムくらいはね、美子さんに送ってあげようと思って」

雨戸をすべて戸袋に入れると、その正面が鬱蒼とした中庭だった。

風が吹き、軒下に吊るされた南部鉄の風鈴が、リーンン……と淋しげな音を立てる。春菜は沓脱ぎに並んだ夥しい瀬戸物稲荷にカメラを向けたが、何かほかのものが写り込みそうなので撮るのをやめた。

蒼具家の仏間は、囲炉裏部屋奥の寝間《ねま》を通った先にあった。

色褪せた畳は湿気《しっけ》のせいで歪んでおり、畳表もささくれ立って、カビと練り土の臭いがする。室内は暗く、蛍光灯は光量が落ちて明滅し、鴨居《かもい》に並んだ幾つもの遺影がチカチカと春菜たちを見下ろしてくる。

「死んだ人の写真って、なんでこんなに怖いんすかねえ」

コーイチが両目をシバシバさせた。

「同感。俺もとりわけこの部屋が怖くて、いつもスルーしちゃうんですよ」

言いながら、山田は仏間の窓を開けた。

「敷地を山側へ広げる場合は、墓石も動かさないとなんですよ。魂《たましい》抜《ぬ》きをやってもらって……そのへんは鐘鋳建設さんで手配できるってことでしたよねえ、たしか?」

「墓石の移転すか。へぇぇ。そんなことまでやるんすね」

他人事のようにコーイチが言う。仏間の外は荒れ地になっており、揺れる夏草の合間から、数個の墓石が見え隠れしていた。

「誰のお墓なんですか？」

「蒼具家の先祖の墓らしいです。正直いって、ここを寄付してもらったことが、よかったのか悪かったのか……」

「山田さんは、この家のことをどれくらいご存じなんですか？　例えば土蔵の血文字の謂れとか」

「やー。ほとんど知らないですけどね。俺は、家の事情で今は蒼具役場にいますけど、高校からは寮だったんで。大学も県外だったし……」

山田は憚《はばか》るようにあたりを窺《うかが》い、声のトーンを一段下げた。

「小林先生から聞いてませんか？　オクラサマのこと」

「屋敷神だという話は聞いています。蒼具神社に祀られているのも、オクラサマなんですものね？」

「ええ。ほかにオクラサマが崇《あが》められるわけは？」

「いいえ」

「ですよねえ」

と、山田は言って、こめかみのあたりをポリポリ掻いた。

「これは話しちゃいけないのかな？　ていうか、俺はホントに、村の年寄りが夜参り講や蒼具神社のことを秘密にするのが不思議でね。俺が婆ちゃんに聞いた話では、オクラサマは村を救った英雄だってことなんだけど」

春菜とコーイチは顔を見合わせた。

「オクラサマは人間ですか？」

「ええ。英雄なのに『憚り事』っていうところが、俺はずっと疑問でね。でもまあ、死に方がホラーだからかなあ。とにかく謎がいっぱいなんですよ。蔵の血文字と、オクラサマに関しては」

山田は鴨居の遺影に目をやって、わずかの間口ごもった。それからコーイチと春菜を見て、はにかんだように前髪を掻いた。

「なんか故人に見られている気がしますけど、悪い話じゃないから、いいですよね？　あの血は三代目のもので、古記録にも記述があるらしいけど、詳しい経緯は謎なんですって。でも、オクラサマの事件と関連があるのは確かですよ。時代がほぼ同じですから」

「百八十年ほど前の三代目蒼具清左衛門の血と聞きましたよ。昨日」

「それがちょうど天保《てんぽう》の大飢饉の頃なんです。知ってます？　天保の大飢饉」

「江戸四大飢饉のひとつということくらいしか……」

春菜が口ごもると、へらりとコーイチが先を続けた。

「天保四年、江戸後期に始まって、何年か続いた飢饉っすよね。大雨と冷害で大凶作になって、稲作にばかり頼っていた徳川幕府に大打撃を与えたんっす」

「地蔵の首が飛んだという逸話もその頃のものですよ。穀物の価格が高騰し、各地で打ち壊しが流行《はや》ったと、歴史の授業で習いましたよね。この村でも草や木の根を食べ尽くし、御上《おかみ》に献上する牛も馬も死んじゃって、相当数の餓死者を出したらしいです。そのとき、年貢の減免を直訴したのがオクラサマで、直訴したという人もいれば、いや、実は献上米を盗んで村人に施したのだという説もあって、本当のところはわかりませんけど、窃盗のほうが真実味があると、俺は思っています。盗み自体が村ぐるみだったんじゃないかと思っているくらいです。なぜって、ここは蒼具家が起こした村だから、住人の結束が固いんです。だからこそ年寄りが住みやすいんですけど、それはともかく、御上の犯人探しにオクラサマは自ら立って……当時は五人組なんていう連座制があったので、拷問で責められても余計なことを口走らないようにと、晒し場の煮え湯を自ら飲んで舌を焼き、親指と人差し指を切り落としてから、お裁きに向かったと聞いています。舌がなければ喋れないし、指がなければ書けませんから」

なんとも凄絶《せいぜつ》な話だが、春菜は山田の言葉に閃《ひらめ》きを得て、ぞっとした。

「……山田さん」

鐘鋳建設で見た新聞記事や、ネットの情報が頭に浮かぶ。

——死体は共通して口から下を噛み千切られて、抵抗のためか手足の指がもげている——

「オクラサマのその姿、蒼具神社の変死人と似ていませんか?」

山田は気まずそうに両目を瞬《しばた》いた。

「変死事件のこともご存じだったんですか。そうなんです。結局オクラサマは死んで返されてくるんですが、拷問で、両手はおろか足の指まで、すべて折られていたそうです。だから御婆が言うんです。屋敷を壊せばオクラサマが祟る。変死人がまた出るぞって」

「コアなビジュアルで言うんっすよね?」

「そそ。かなーりコアなビジュアルで」

「結局、オクラサマって、なんなのかしら。この家の由紀夫さんという人も、裏山で変死していますよね」

春菜は並んだ遺影を順繰りに見たが、それらしい少年の写真はなかった。

「たぶん、それが最後の変死事件だったと思います。由紀夫さんは権蔵さんの息子なんです。権蔵さんには子供が三人いて、長男は子供の頃に亡くなり、由紀夫さんが事故に遭ったのが十七のとき。末っ子の美子さんが、屋敷を村に寄贈した人です。蒼具家では男子が育たないといわれていて、権蔵さんも、その上の人も、入り婿《むこ》だったようですが」

「でも、屋敷神が蒼具家の子供に祟るって変じゃないですか？　私が調べたところでは、ここにはカミガエシという儀式があって、その期間は隠れ鬼を禁じると。禁忌を破って隠れ鬼をした者が不幸に遭うのかと思ったんだけど、違うのかな」

カタン！

突然の音に、春菜は飛び上がるほど驚いた。しなる畳を踏みしめて、山田が仏壇に近づいていく。位牌《いはい》のそばに並べられた写真のひとつが、何かの拍子《ひょうし》で倒れたのだ。山田が手にした写真には、美形の少年が写っていた。

「それ、由紀夫さんですよね？」

「さあどうでしょう。そうかもですね」

山田は写真を春菜に渡した。

改めて見る蒼具由紀夫は、色白で顔立ちの整った少年だった。聡明な笑みを浮かべながら、幼い妹を抱いている。後ろに練塀が見えるから、たぶん晒し場で撮ったのだろう。

「こういうものも、処分しなくちゃならないんですよね。仏壇や位牌は弔《とむら》い上げを済ませているんで、廃棄物扱いでもいいらしいけど、それでもやっぱりこういうものは、きちんとお焚き上げしてもらいたいです」

「承知したっす」

と、コーイチは答えた。見積書にあった『供養料』には、こうした依頼分も含まれているのだろう。

「じゃ、俺はほかの雨戸も開けてきます。あと、アルバム持ってきますんで」

カミガエシと変死に関する春菜の考察には答えないまま、山田は仏間を出ていった。

「さてと。んじゃ、探すとしますか」

「探すって、何を?」

「オクラサマの秘密っす。たぶんだけど、蒼具由紀夫はそれに気づいて、だから、妹にアルバムを持ってくるよう言いつけたんだと思うんす」

「そうか。確かにそうね」

「少なくとも、古いアルバムにヒントがあるってことっすよ」

立派な仏壇には、蒼具家の歴史を物語るように、たくさんの写真が並んでいた。兵隊姿の青年や、糸車を回すお婆さん、母親に抱かれた赤ん坊や、正装した紳士など。時代がかったそれらの写真は、生きていた彼らの一瞬の影だ。

「あ。これ……」

仏壇を物色していたコーイチが、一枚の白黒写真をつまみ上げた。黄ばんで古びた写真には五歳くらいの男の子が写っている。ハーフパンツにジャケット姿で木馬に跨《また》がるかわいらしい子だ。

「目のあたりが、蒼具由紀夫に似ているみたい」

右の眉毛が山形で、左の眉毛が弓形をしているところなど、むしろそっくりかもしれない。利発そうで大きな目も。

コーイチはフォトスタンドを裏返し、中の写真を取り出した。

『昭和十二年十一月　一士袴着の儀《はじめはかまぎ》』

裏側には、そのような添え書きがしてあった。

「何かしら？　袴着の儀って」

「七五三のことっすね。髪置《かみおき》、袴着《はかまぎ》、帯解《おびとき》つって、男児は五歳で袴を着け、女児は七歳で付《つ》け紐《ひも》を外して、帯を着けるんす。そんでもって赤ん坊が髪を伸ばし始めるのが三歳頃からだったらしいっす。七歳までは神の内って、昔は子供の生存率が低かったからっすね」

春菜はコーイチをマジマジ見つめた。

「なんすか」

「いえ別に」

この人、もしかして頭はいいのかも。

「あ、あれっすよ。この子も神社で死んでるとかじゃないすかね。ほら、山田君がさっき言ってたじゃないっすか。長男は子供の頃に死んでいるって。あと、【行方不明の六歳児野犬に喰い殺される】つう昔の記事。あれには名前が出てこなかったけど」

「さらりと言ってくれるけど、それってつまり、蒼具家の男の子が相次いで変死しているってことにならない?」

「そっすよ」

　コーイチはしれっと答えて仏壇の中を掻き回し、過去帳を物色している。蒼具家のプライバシーを勝手に暴《あば》いているようで、春菜は、鴨居に並ぶ遺影の顔色を窺った。もちろん遺影はなにも言わないけれど。

「お。春菜さん、ビンゴかもっすよ。戒名、壱士善童子。昭和十三年八月三十日没。俗名、蒼具一士。権蔵の子。って書かれてる。七五三は十一月の行事だから、翌年の夏は不明の六歳児ってことっすよ。ちなみに蒼具由紀夫の命日っすけど、やっぱり昭和二十七年の、八月三十日になってます」

「二人とも同じ日に死んでいるのね」

「そもそもこの家に男児が育たないのが祟りなんじゃないっすかねえ。なんか、そんな気がしてきません?　だからこそカミガエシが続いていたとか。だとすれば、オクラサマは本懐を遂げたっつーことすね。美子さんは独身みたいだし、ここも間もなく取り壊されて、蒼具の家系は絶えちゃうんすから」

「鐘鋳建設さーん」

　どこかで山田の呼ぶ声がした。

「アルバム持ってきましたけれど。明るいこっちでどうですか？」

「あ、はい。行きます、申し訳ねえっす」

調子よく答えながら、コーイチはちゃっかり過去帳をバッグに入れた。風を通し終わった窓を閉め、電気も消して仏間を出ていく。置いていかれないよう後を追いつつ、春菜は仏間を振り返る。窓を閉めたとたん、室内は妖《あや》しい空気で満たされた。古びた写真や、天井に浮かぶ木目の不気味さ。暗がりに漂うのはいつの時代の気配だろう。鴨居に並ぶ人々は、自分が死んでしまったことを理解しているのだろうか。

誰にともなく頭を下げて、春菜は仏間を後にした。


木漏れ日越しに、煩《うるさ》いほどの蟬時雨が降ってくる。小さな瀬戸物稲荷が夥しく並ぶ縁側に、山田は段ボール箱を運んで来ていた。中には埃だらけのアルバムがあり、そのうち何冊かは、生地《きじ》の見本帳などを二次利用したものだった。

「物のない時代ですから、いろいろ工夫したようで、そういう意味では興味深いですよ」

山田は埃を吹き払い、縁側にアルバムを並べていく。比較的新しそうなものを避け、春菜とコーイチは、由紀夫や一士が生きていた頃のものを探した。

「このあたりからっすね」

アルバムに由紀夫の写真を見つけてコーイチが言う。春菜もまた、自分が手にした一冊が美子のものであろうと考えていたところだった。

「こっちは美子さんのアルバムみたい。すごい美人ね」

蒼具家には美形が多く、白黒写真の家族はみな、黒目がちで大きな瞳と、涼しげに整った風貌《ふうぼう》をしていた。餅つきや雛祭り、繭玉作りなど、季節行事の写真も多い。

「何の写真を探してるんです？」

山田も横から聞いてきた。

「探してるっちゃ、探してますけど」

「手伝いましょう。なんですか」

「なんつか」

と、コーイチは人差し指で眉毛を掻いて、

「怪異の前触れ？」

と、にへらっと笑った。

「えぇえ、なんですかそれ」

山田はわずかに体を引くと、手近にあった一冊を膝の上に広げた。

蒼具美子のアルバムに、奇妙な写真は一枚もなかった。そこには、この山里で穏やかに暮らす人々の日常や、美子の生い立ちが記されていた。末娘の美子が生まれたとき、由紀夫はすでに少年で、年の差は十歳程度と思われる。生まれたばかりの美子を抱くのは蒼具

家の系統ではない顔つきの女性で、母と思《おぼ》しき女性は寝間着姿で床に座していた。アルバムを閉じて、別の一冊を手に取ったとき、

「うわ、やっべ」

脇で山田が奇声を上げた。

「やべ、マジか、やば。なんだこれ」

ページをめくって確認しながら、山田はアルバムを縁側に開いた。

「ちょっと見てください。これ、なんだと思います？」

両側から、春菜とコーイチが覗き込む。

それは晒し場で撮られた集合写真だったが、最前列、女性に手を引かれた子供の姿が、真っ黒になっているのだった。

「これ……」

言ったとたんに鳥肌が立って、春菜は身をすくませた。コーイチはアルバムを引き寄せると、セカンドバッグから由紀夫の写真を出して、並べた。

「なんですかぁ、それはぁ」

山田が悲鳴のような声を上げる。

二枚の写真はよく似ていた。一人だけ日陰にいるような由紀夫同様、子供も全身が黒かった。手を引く女性も、隣に立った母親も、母親が抱く赤ん坊も、誰一人影になっている

者はない。ページをめくるとアルバムは、白紙のままに終わっている。集合写真には、『昭和十三年盆。家族と一士と赤ん坊の由紀夫　無念也《なり》』と、歪んだ文字で書き込みがあり、茶色く変色した台紙には、涙の跡らしきシミがあった。

「昭和十三年、盆……」

春菜が言うと、コーイチは過去帳をぺらぺらめくった。

「あ、過去帳」

山田の声など聞こえぬように、コーイチは勢い込んで、

「そのすぐ後の三十日すよ。蒼具一士が死んだのは」と、言った。

春菜はその他のアルバムも調べてみた。今度はゆっくり見ることをせず、ただ黒い人影だけを探してページを捲《めく》る。すると、一士と由紀夫の母親が子供だった頃のアルバムに、やはり黒い人影の写真があった。

「たぶん、これっす。俗名蒼具辰雄《たつお》、昭和三年八月没。由紀夫の母親の、たぶん、兄っす。蒼具家の嫡男つーことっすよね」

蒼具神社で変死したのは、全員が蒼具家の跡取りであったということか。

春菜とコーイチは顔を見合わせた。

其の四

ハラミノ火と夜参り講

暗闇の中でライターの火が、一瞬だけ仙龍の顔を照らした。その後は呼吸するように、煙草の先だけ光っている。運転席に座った春菜は、煙草を吸う男の姿を久しぶりに見たと思った。

コーイチと一緒にアルバムを漁《あさ》り、不気味な写真を見つけたのが今日の昼。薄気味悪さにいたたまれなくなり、仙龍を待たずに蒼具村を逃げ出した。土蔵には注連縄の結界が残されており、役場職員からも、小林教授にも、仙龍の立ち会いなしには扉を開けないと聞かされたことが、さらなる恐怖を煽ったのだ。真っ暗な内部に正体不明の怨霊が、鬼の姿を借りてうずくまっているようで、ばかばかしいと思う気持ちはいつのまにか薄れてしまい、真っ黒な写真や、新聞記事や、血文字のビジョンばかりが頭の中をぐるぐる巡った。

鐘鋳建設に車を付けて、放り出すようにコーイチを降ろし、オフィスへ戻った。茶封筒に入れたままの血文字の写真を横目に見ながら、この案件には関われないと長坂に電話しようとしたときに、春菜は、仙龍から着信を受けたのだった。

「尻尾を巻いて逃げたんだって？」

スマホの奥で仙龍は嗤った。

「鼻っ柱が強いだけの女だったな。あんたとは縁がなかった。ご苦労さん」

そのとたん、春菜はスマホに怒鳴《どな》っていた。

「逃げたって誰が？　プ、プランをまとめに戻っただけよっ」

ばかばか春菜のばか！　心で自分を罵《ののし》りながらも、悔《くや》しさには勝てない性格だった。

「土蔵も調べるつもりだったけど、あなたの到着が遅くて、待てなかっただけじゃない。こっちはね、図面引いたり、デザインしたり、積算したりで大変なのよ！」


そうして今は真夜中で、蒼具家の周囲には外灯もなく、近くを流れる渓流の音が、風に相まって響いている。森も山も真っ黒で、夜空のほうがいっそ明るい。普段は見上げることすらない空に、信じられないほどたくさんの星が瞬いている。

売り言葉に買い言葉の応戦の末、春菜は長坂に断りの電話を入れることができなくなった。それどころか仙龍に呼び出され、再び蒼具家へやってきたのだ。しかも、すっかり日が暮れてから。

「晩飯だ」

先に着いていた仙龍は、車を降りた春菜にコンビニ袋を放ってよこした。中にはパンとコーヒーと、親切にも虫除けシートが入っていた。

「さっきは煽って悪かったな。写真の件はコーイチから聞いたよ。蒼具神社の変死者はみな蒼具家の嫡男だと、俺も思う。土蔵内部を調べられなかったことは謝る。調査には後で付き合ってやるから、今夜は俺に付き合ってくれ」

仙龍に素直に謝られ、春菜は悪い気がしなかった。

「一緒に星を見ようとかロマンチックなことを言うつもりなわけ、ないわよね」

コンビニ袋を抱えて訊くと、仙龍は皮肉な笑みを浮かべた。

「ほかに含んだ意味はない。俺にも好みがあるからな」

「いちいちムカツク」

遠慮なく春菜も口に出す。

「そっちも早くプランを上げたいようだが、こっちも早く総額を弾きたい。間もなく盆になることだし、今年は、蒼具家に誰もいないからな」

春菜はその言葉にハッとした。仙龍の言うとおり、蒼具家に人が絶えた今、カミガエシを行う者も、その手順を正しく知る者もない。たかが迷信と嗤う気持ちも今はない。もしもカミガエシが行われなかったら、何か怪事が起きるのだろうか。

二人はそれぞれの車でパンをかじった。

春菜の頭に今日見たばかりの遺影が浮かぶ。彼らは自分が死んでいることを、きちんと理解しているのだろうか。また同じことを思いつつ、春菜は虫の声を聞く。朗々としたその音は、歌うように、また眠るように、あたりを覆ってやむことがない。

食事を終えると、タブレットPCに保存したい物のリストを打ち込んで、春菜はそれを山田に送った。パソコンの電池残量三十パーセントまで仕事をしてから、隣の車の仙龍を見ると、彼は運転席で腕組みしたまま眠っている。何よ。と唇を尖らせて、椅子を倒したところまでは覚えているが、気が付けば、外で仙龍が煙草に火を点けていたのだった。

悔しいけれど、曳き屋師仙龍は男前だ。日に焼けて精悍な顔立ちは、喋りさえしなければ嫌みなく整って、Tシャツの生地を通してすら、鍛《きた》えられた筋肉の美しさがわかる。土蔵で床下を覗いたときは、あの腕に抱きとめられたのだ。春菜は頭をブルンと振った。

山の向こうに満月が昇り、木々の稜線《りょうせん》が朧《おぼろ》に明るい。今夜は俺に付き合ってくれって、つまりはどういう意味なのよ。まさか、夜明けまでここで時間を潰すとかはないわよね？　親しくもない男に呼び出され、のこのこ山奥までやってきた自分を、人は莫迦《ばか》だと笑うだろう。仙龍に限ってそんなことはないと思うけど、もしも私を草藪に押し倒す気なら、遠慮なく急所を蹴り上げてやるから。

「よし」

と春菜は自分に言って、虫除けシートで体をこすり、車の外へ出ていった。

「仙龍さん。もういいでしょ、教えてくれても。私に何を見せたいんです?」

「まだだ。車に入ってろ」

青白く煙を吐きながら、春菜を見もせず仙龍は言った。

「は? 言っておくけど、私は残業代返上で、デートの時間も削って来たのよ」

「男はいないとコーイチから聞いている」

仙龍は吸っていた煙草を地面に放り、ぎゅっと踏みつけてから春菜の車のドアを開いた。

「金勘定ばかりに執着すると、卑しい顔つきになってしまうぞ。そっちが金額ばかり言うのなら、俺も、仕事は細かく三十分単位で請求するが、いいか」

下唇を思いっきり尖らせて、春菜は自分の車に戻った。ため息をついて見上げれば、雲の縁が虹色《にじいろ》に照っている。木立の影が黒く立ち、下草に潜む虫たちが、チイコロコロと鳴いている。そのときだった。

下草を踏みしだく音がして、仙龍が素早くしゃがんだ。道端の夏草が激しく揺れて、また、ガサガサと音がする。

車のドアに手をかけて、助けを求めるように仙龍を見ると、(しーっ)と、彼は人差し指を立てた。空には眩《まぶ》しいほどの月が照り、車の間に身を隠している仙龍の肩先を照らしている。早く車内に逃げればいいのに、仙龍は間合いを計るかのように、耳を欹てて動かない。野犬だろうか、それとも熊か。スマホで時刻を確認すると、午前零時を過ぎていた。

「やだもう、冗談じゃないわ」

春菜は慌ててスマホを切った。

「道の向こうよ。裏山の下。何かいる。わかる？　な、に、か、いるの」

できるだけ大きく口を開け、外の仙龍に呼びかける。

彼が頷いてくれたので、春菜はそれきり声を殺した。

夜のしじまに何かの音が、無遠慮に割り込んで来る。あれは草を踏みしだく音。そして砂利石を踏む音だ。足を引きずりながら歩いている。時折パキリと小枝を折って、裏山のほうへ向かっていく。そーっと首を伸ばして見ると、満月の明かりに、木々の合間を這っていく小さな影が一瞬見えた。春菜はこっそりウインドウを下げた。小さな声で仙龍が言う。

「少なくとも、野犬じゃないな」

春菜はゆっくり頷いた。

蒼具の土蔵に棲む神は、蔵と神社を行き来する。

オクラサマのことを思い出し、春菜は身をすくませた。夏だというのに風は冷え、濃い森の匂いが染みてくる。沢の水音が絶え間なく聞こえ、かぶさるように虫が鳴く。互いに交わす言葉もないままに、二人は背後の裏山を見る。嘘みたいだが、吐く息が白い。

しばらくすると、裏山の中腹に、ぽうと小さな光が浮かんだ。ひとつ。ふたつ。昼に山田から聞いた話を、春菜は思い出していた。

「ハラミノ火と呼ぶそうよ」

それを見た女は帯から下の病に罹り、男は災厄をかぶるという。

「らしいな」

仙龍の声が静かに答えた。

いつのまにか風はやみ、小さな火は三つに増えて、そのうちのひとつが揺れながら山を下りてきた。春菜は運転席に体を沈めた。

フロントグラスの向こうは女衆の庭だ。朽ちた外便所を覆う蔦や、竹の柵が、白々《しらじら》と月明かりを照り返す。渓流の音にまじって、遠くから、草を踏む音が戻ってくる。瞬間、春菜は車を飛び出し、地面に屈んで仙龍のシャツをぎゅっと握った。水音と……虫の声……。

やがて仙龍の眼差しが、ハラミノ火を見ろと語った。

山を下ってくるにつれ、春菜にもそれが人魂ではないとわかってきた。風で消え入りそうになりながら、春菜の腰の高さほどの位置を下りてくるのは蠟燭の火だ。炎は強く、火《ひ》丈《たけ》が長い。どうやら和蠟燭のようだった。明かりに人らしきものの顔が浮かんで、また消える。

夏草の向こうをその者は行き、そして、ふっ……と姿を消した。

「どこ？　いまのあれ。どこへ行ったか、見てた？　仙龍」

背後に潜んでいるようで、春菜は仙龍に躙り寄る。

「いきなり呼び捨てか」

仙龍は押し殺した声で嗤った。

夜の匂いが肺に満ち、渓流の音がいっそうはっきり聞こえてくる。虫の声は移っていき、木戸が軋む音がした。木々の梢でチチチチッと何かが鳴いて、明るい夜空に蒼具家の影がそそり立つ。と、黒一色だった裏庭で、外便所のへりが赤く光った。蔓草の奥に火が見えて、それが板塀に映り込み、もやもやと赤い輪郭《りんかく》を描く。

「おい」

仙龍が体を起こした。

「あれを見ろ。火じゃないか」

春菜もつられて立ち上がる。

「幽霊なの？　人魂だったの？」

「木戸が軋む音がした。戸を開けなきゃ入れないなら、幽霊じゃない。怖いのか」

「わ、私が怖がっていると思ったら、大間違いなんだから」

「勇ましいな」

仙龍は裏庭へ向かって歩き始めたが、置いていかれるのが怖すぎて、春菜は摑んだシャツを放せなかった。引かれるようについていく。

「暗くて転ぶと危ないから、それだけよ」

責められてもいないのに、春菜はシャツを放さない言い訳をした。

厚い雲が空をゆき、月を隠して暗くなる。とたんに景色は消え去った。経験したことのない暗さ。見知った場所ならいざ知らず、何を踏んだかわからずに、小石ひとつで体はよろける。仙龍は無言で春菜の手首を摑み、腰のベルトに誘った。

「ゆっくりと、すり足で。地面の感覚を確認しながら歩くんだ」

太くて固い革のベルトは、シャツの端よりずっと強固に春菜を支えた。気配を如実に感じるからか、よろめくと仙龍が抱えてくれる。目が利かない分だけ感覚は鋭敏になってゆき、互いの呼吸を感じるほどだ。清冽《せいれつ》な山の空気が鼻腔に刺さる。流れる雲の濃淡で、月の居場所が想像できた。足の下にあった砂利石が、やがてフカフカの草になる。ようやく山の影を抜けたとき、満月が雲の切れ間に皓々《こうこう》と照り、景色が周囲に浮かび上がった。振り向けば、夏草の茂みに獣道が見て取れる。道は裏山から下りてきて、女衆の庭へ続いていた。申し訳程度の柵の奥で、火はちらちらと燃え続けている。

「なんの火かしら。燃え広がっているようではないけれど」

訊いても仙龍は黙ったままで、春菜の声だけがひそやかに地面に落ちる。そのまま無言で庭へ進んで、二人は灯りの正体を見た。咲き乱れる菊の根本に、夥しい蠟燭が灯されていたのだ。蠟燭の炎は揺らめきながら、無数の風車を照らしている。

カラカラカラ……カラカラカラカラ……

誰か来たよと言うように、突然、風車が回り始めた。青く月明かりの降る庭に、人魂さながらの蠟燭が燃える。高価で大きな和蠟燭を、誰が、なんの目的で灯すのか。炎以外はすべての色が曖昧で、水底に沈んでいるかのようだ。

仙龍の肘を、春菜は摑んだ。言葉にはしなかったけれど、あの泣き声がまた、聞こえているのだ。同じ泣き声を聞いたのか、仙龍は一瞬だけ足を止め、またそろそろと歩き始めた。足音を忍ばせ、春菜の手を振り払うこともなく。

なんなの。誰なの。怖い、もういや。

喉元まで出かけた言葉を懸命に押し殺して裏庭を行き、外便所の陰に身を寄せる。虫の声が立ち上り、怪しい影はどこかへ消えた。外便所に絡みつく蔦は屋根に上ってまた落ちている。壁は朽ち、所々に隙間が空いて、壁板すらないところがある。中を覗くと、腐った床に月の光が落ちている。内部は広く、山田が話していたとおり、真ん中に四角い穴がある。

「おい」

仙龍が押し殺した声を出す。

「いる……すぐ裏だ」

首を振って示した先で、蓬髪の影が蠢《うごめ》いた。しわがれた声が喋っているが、返事する声は聞こえない。独り言、もしくは子供をあやすようだと春菜は思った。

「……らなぁ……ってな……」

声はそこでふつりと止まり、警戒するように影が動いた。

走って逃げるのも、隠れることも、すでにどちらもままならない。土を踏む音が近づいてくる。手にも蠟燭を持っているのか、影が微かに揺らめいている。小さな影だ。あまりに小さい。

カラ、カラカラカラ……

突然強い風が吹き、風車が激しく回り始めた。満月は雲に呑まれて、地面に灯る蠟燭の火も、あるものは消え、あるものは乱れた。小さな影が持つ蠟燭も消え、相手の姿も闇に沈んだ。

「そこにおったは誰かいね?」

膝下あたりで声がして、春菜の両足にすがりつくような位置に、青白く濁った眼が現れた。春菜は「ひっ」と、悲鳴を上げた。

蓬髪を風に舞い上げて、皺で弛んだ老婆の顔が、青く月明かりに浮かんで見えた。骨張った体は臍《へそ》で畳まれたほどに曲がって、だぶついた絣《かすり》の半纏《はんてん》を羽織《はお》っていた。

百歳近い神降ろしの婆が、蒼具村にはいると聞く。山田が言っていた御婆だ。幽霊じゃなかった。中庭を横切っていったのはこの人だ。と、春菜は思った。

「御婆……もしや、御婆なんですね？　神降ろしをする」

「なんねぇ？　あんたら、こんな夜中に」

御婆は怪訝《けげん》そうに首を傾げた。

「火が見えたものだから、てっきり火事かと思ってね」

仙龍が言うと、老婆は震える指で髪を掻き上げ、ニタリと嗤った。

「莫迦言うでねぇ。ここにぁ、オクラサマがおられるでなぃ。蠟燭の火で火事を出すこたあないわ」

「オクラサマって？」

春菜が訊ねると、

「他所《よそ》もんに話すことではねぇわ」

と、御婆はゆっくり背中を向けた。

「あの、私、ここの展示プランを請け負うことになったアーキテクツの者ですが。極力住民の方々のご意見を踏まえてですね、よい資料館を造ろうと思っているんです。ですから、どうか教えてください。オクラサマのこと」

御婆は首を回して春菜を睨んだ。風で白髪が逆立って、絣の半纏がパタパタ揺れる。夏だというのに体の芯が震えるほどに風が冷たい。春菜は辛抱強く答えを待った。

「オクラサマはぁ、蒼具の護《まも》り。蒼具の家の土蔵におわす。恐れる者もおるけんど、ほんとは優しい鬼じゃったよぅ。げに怖いのは、オクラサマじゃねえ……だ」

それだけ言うと老婆は、踵を返して歩き始めた。

「あの」

春菜はなおも追いすがる。

「それなら、この蠟燭は？　朱い風車はどんな意味……御婆はここで、いったい何をしていたんですか？」

「ハラミノ火……う…ず…っこらが、寂しがるだで灯すのだ。なるたけな、あかりを灯してやらにゃあよ」

曲がった背中を右に左に揺すりながら、御婆は庭を出ていった。

カラ、カラ、カラカラカラ……

後を追うように風車が回る。あぁ……おぎゃあ……あぁ……

「もーらしい……もーらしぃなや……堪忍よぅ、かんべんよぅ……」

御婆の声が抑揚《よくよう》をつけて遠ざかり、そして突然、風はやんだ。

「なんなのよ。この村、ホント気持ち悪い」

春菜はなんだか泣きたくなった。そばに仙龍がいてくれなかったら、大声を上げて逃げ出すところだ。あぁ……おぎゃあ……あぁ……どこかでしていた泣き声も、風が運んでいったらしい。

「やっぱりか」

御婆の姿が遠くへ消えると、仙龍は静かにそう言った。

「やっぱりかって、どういう意味よ。何かわかった、え、そういうこと？」

自分の体を抱きしめて、春菜は仙龍に食ってかかった。

「こんなので何がわかったって言うの？　気持ちの悪いお婆さんが、真夜中に火を灯すのを見ただけじゃない」

これから暗い山道を、たった一人で運転して、街まで帰らなきゃならないのだ。ヘッドライトにかろうじて浮かぶ狭い道、ルームミラーにちらつく後部座席を想像するだけで、春菜はますます泣きたくなった。

「てか、ねえ、聞いてる？　仙龍、ちょっと」

突然踵を返した仙龍を、追いかけながら春菜は呼ぶ。

「そこで待ってろ。すぐ戻る」

仙龍はそう言うと、あっという間にどこかへ消えた。

「うそ……もう……やだ……」

春菜はグスンと洟《はな》をすすった。頭の後ろを風がゆき、燃え残った蠟燭の火がちらちら揺れて、恐る恐る見回す先に土蔵の屋根がぼんやり浮かぶ。

（あ、そうか）

思い付いて、春菜はスマホのライトであたりを照らした。すると無数の風車が圧倒的な朱さを持って迫って見えた。

「もうやだ……もうぅ……」

春菜は泣きべそまじりに地団駄を踏んだ。また余計な意地を張って、こんな因縁物件を手放し損ねた。ばかばかばか、春菜のばか。自分を呪っているうちに、仙龍が懐中電灯を持って戻ってきた。

「遅い！」本気で怒ると、

「悪かったな」と、仙龍は笑う。

春菜はスマホのライトを消して、仙龍のベルトをしっかり握った。

「この庭に植えられるのは、赤と黄色の菊だけだ」

仙龍は春菜を連れ、外便所のまわりを回った。

「知ってるわ」

「それと風車が供えられてる」

「見ればわかるわよ。気味悪い」

仙龍は足を止めて春菜を見下ろした。黒々とした瞳に憂《うれ》いを湛《たた》えて、びっくりするほど優しい声で、仙龍は言った。

「夜参り講があるのは満月の晩。その晩は蒼具神社とこの庭を、複数の火が行き来した」

春菜は山田から聞いたハラミノ火の怪異について思い出していた。たった今裏山に灯った怪しい火。それは御婆の灯す蠟燭だった。裏山を振り返ってみれば、頂上の蒼具神社に、まだ灯りがついている。

「人魂に見えたのは、女性たちが灯す火だったというの？」

「やはり、この土蔵を曳くにはあんたが必要だったってわけだ。男ではなく女のサニワが。土蔵は動きたがっている。時代の流れを感じ取り、最期のときを待っていたんだ」

「こんな気持ち悪い場所で、気持ち悪いことを言わないで。最期のときってなんなのよ」

仙龍の頭上を雲が走る。清冽な雰囲気を持つ仙龍は、雲とも、月とも、山とも、風とも、同じ気配をまとっている。

「祟りも因縁もひっくるめて終わらせたいと、土地が言ってる。たぶん、あんたも聞こえるはずだ」

「まったく、さっぱり聞こえません」

仙龍は、ふっと笑った。

「麻以外に産業のなかった貧しい村だ。蒼具家の当主は山中麻の利益を平等に還元したが、稲作に適した平らな土地のない場所で、村人たちの生活は、決して楽ではなかっただろう」

仙龍はまた歩き始めた。咲き乱れる菊の根本あたりで、蠟燭の火が揺らめいている。

――う…ず…っこらが、寂しがるだで灯すのだ――

御婆はなんと言ったのだろう。風車と菊の花を、村の女性は誰のために植えるのだろう。

「産めずっ子らが寂しがるから、灯すのだ」

「え?」

背中に聞くと、仙龍は歩きながらこう答え、

「産めず、子、だよ。つまりは、産めなかった子供のことだ」

外便所の前で足を止めた。

「何それ……水子《みずこ》ってこと?」

仙龍は懐中電灯を春菜に握らせると、外便所に絡みついた蔦を引っ張り、地面に落とした。そして斜めになった木の扉を、持ち上げながらゆっくり開いた。

「水子じゃない。おそらく、嬰児《えいじ》だ」

外便所の内部に懐中電灯の光を当てる。そこは何もないただの空間だったが、真ん中に穴が切ってあり、天井には梁が巡らされていた。

「月の引力は地球の水に作用する。人の体もまた然り。満月に出産率が高いのは、あんたも女なら知っているよな？」

知らなかった。と、春菜は思ったが、黙っていた。

「米を作れるほどの平地もない、人出も少ない山の中、人々は自然の顔色を窺いながら生き抜いた。それがたとえ妊婦でも、貴重な働き手は確保しておかなきゃならなかった」

「孕《はら》みの火って、そういう意味？」

懐中電灯が天井を照らす。床の四角い穴の上、その場所の梁には摩耗の跡がクッキリあった。

「あのあたりに帯をかけ、女たちは、総出で妊婦の介助をしたんだ。裏山を上り下りしていたのもたぶん、陣痛を早めるためだ」

「村ぐるみで早産させた？　それとも堕胎を？　ありえない」

仙龍は静かに春菜を見下ろした。

「現代に生まれたらそう思うのかもしれないが……飢饉で村ごと簡単に絶えてしまった時代だよ？　すでに生まれた子供らを、親が守らずに誰が守るんだ。それに、出産自体が命がけで、母親たちのギリギリの選択だったと俺は思う。きっと……たぶん……」

外便所の床は腐っており、中に入ることはできなかったが、懐中電灯で照らしてみると、床板の落ちた部分から地面に掘られた真っ黒な穴が透かして見えた。

春菜は、万年と呼ばれる穴のことを考えた。大奥などでは高貴な人物のトイレの穴を、一生にひとつだけ、三十メートルほども掘り下げたという。

廃れた小屋の内部には、青く月明かりが落ちている。女たちが集まって、ここへ赤ん坊を産み捨てさせた。その子らは一度も抱かれることなく、地面の穴に落とされた……風車の回る音にまじっていたのは、遠い昔の泣き声だろうか。それとも産み捨てられた魂が、温もりを求めて泣くのだろうか。四角く切られた床の穴。その空間には初めから、温かな布団も、産湯《うぶゆ》も用意されていなかった。哀《あわ》れが恐怖を凌駕《りょうが》して、春菜の心は泣けてきた。

「だから小屋が移動したのね。穴を埋め戻して、また掘った」

「その場所に菊が植えられた。赤ん坊の好みそうな赤と黄色の菊を植え、風車を供えて弔ったんだ」

「仙龍は、いつからそれに気づいていたの?」

「男子禁制と聞いたからな。夜参り講も、女衆の庭も」

浮き島のように花があるのは、埋め戻した場所だったから。そうして村の女たちは、月夜の晩に集まって、あるときは産み、あるときは悼んだ。血の色をした風車もたぶん、講の夜に供えられてきた。ずっと、ずっと、昔から。

「ここを駐車場には、できないわ。ここを駐車場にしてしまったら……」

後の言葉が出てこなかった。知らずに訪れる客たちが土足で踏みつけてしまう存在を、

『赤ちゃん』と呼ぶのはおぞましすぎて、『仏様』と呼ぶのは僭越《せんえつ》に思えた。この裏庭に埋められたのは、存在すら認めてもらえなかった死者たちだ。

「そうだな。駐車場にはできないいな」

仙龍が、優しい声でそう言った。


長坂にキープランを提出した後、春菜は数日間悩みに悩んで、土蔵の移転先を女衆の庭にするのはどうかと打診してみた。土蔵と女衆の庭、さらに裏山までをひとまとめにして、蒼具家独特の宗教観と、蒼具村の民俗資料を展示公開するプランを提案したのだ。古い墓石も女衆の庭へ移し、荒れ地に駐車場を整備する。そうすれば、少なくともあの庭は、手つかずで残してあげられる。

「あのさ。ぼくはそんなことまで提案してくれって言ったっけ?」

電話の向こうで長坂は、あからさまに気分を害した声になった。

「たしかに土蔵のプランは春菜ちゃんに任せるって言ったよ? でもね、敷地計画はプランの大本《おおもと》なの。わかる? 山側を開拓するのと、すでに庭になっている場所を使うのと、計画資金がどんだけ違うと思っているの。はっきり言うけど、僭越すぎない?」

計算もできない小娘のくせに……と、呟く声まで、はっきり聞こえた。

それでも春菜は、人生最大に冷静だった。

あの庭には嬰児が眠っているんです。もしもそう伝えたら、長坂は納得するだろうか。いや、絶対にそうはならない。何も知らなかったことにして、平然と工事を進めるか、それとも、何か問題が起きる前にと、工事を強行するかもしれない。アーキテクツは仕事から外され、庭を守ることもできなくなる。

「出すぎたことを言っているのは、わかっています。ですが、現場を調査したところ、土蔵と裏山、そして女衆の庭には共通した文化的価値があるとわかったんです」

「それを決めるのはあんたじゃない！」

耳を劈《つんざ》く怒号と同時に、通話は切れた。春菜は大きなため息をついた。

「どうした？　またトラブルか？」

チーフデスクから井之上が訊く。

「または余計ですけど、トラブルといえばトラブルかもしれません」

力なく春菜は言い、デスクに散らかった書類を片付けた。その様子を眺めつつ、独り言のように井之上が告げる。

「長坂先生を動かしたいなら、利害の利で押すしかないだろうな。こうしたらこういうメリットが見込めます。こういう場合はこんなデメリットを被ります。プラスマイナスを精査して、プラスのプランを提示するんだ」

それができれば苦労ないです。

出かかった言葉を呑み込んで、春菜は再びパソコンに向かう。

企画書ファイルを開くと、自分が立てた展示テーマ、『山深き郷のミステリー・三百年の因習と秘密』の文字が浮かんだ。春菜は迷わずタイトルを消した。

私も長坂と同じだった。奇をてらって、血文字を見世物代わりにして、来館者を募ろうと考えていた。村の女たちの哀《かな》しみも知らず、血文字の意味すら調べようとせずに。

春菜はガリガリと頭を掻いた。

『山中麻を各地に広めた本百姓・蒼具家の栄華と衰退』

『蒼具村騒動記・山里のハヤリガミ』

『麻の郷伝説　蒼具家の宗教行事と山の生活』

次々にタイトルを打ち込んでみたが、どれもイマイチピンとこない。村に暮らした人々の、哀しみと逞《たくま》しさを伝えきれる気がしないのだ。

春菜は、「ああーっもう」と、のけぞって、両手で髪を掻き回した。

「私、ちょっと出てきます」

その手でデスクを叩くなり、勢いよく立ち上がる。そのとたん、スマホ画面が明るく光った。コーイチが二本の指を顎に当て、どや顔で微笑みかけている。連絡先を交換したとき、勝手に送りつけてきたプロフィール画面だ。

「はい、なんですか」

不機嫌な声で通話に出ると、

「あ。春菜さん？　鐘鋳建設のコーイチっすー」

のほほんとした声で言う。

「御社の駐車場に着いたんすけど、今からちょっと、いいっすか？」

「は？」

春菜は呆れて、ひと言も喋らずスマホを切った。オフィスの窓から覗いてみると、駐車場にコーイチがいた。ブラインドの隙間が不自然に開いたのを下から見上げ、満面の笑みで手を振ってくる。

「バッカじゃないの？」

春菜は自分のバッグをひったくり、大股《おおまた》でオフィスを出ていった。


「小林教授のところへ寄った帰りだ」

車の窓に片腕をかけて、運転席から仙龍は見上げた。

「例の血文字だが、あれの書かれた経緯がまだわからない。そこで、信心深い庄屋が参拝の旅に出るたびに、通った寺がないか教授に調べてもらっていたんだが」

「あったんすよ。大徳院《だいとくいん》って立派なお寺に、古い記録が」

横からコーイチがそう言った。

「因縁の経緯がほぼわかったから、今から坊主のところへ行くんだが、一緒に来てくれないか?」

「なんで私が……」

強く興味を惹かれながらも、即答するのが癪《しゃく》で、春菜は億劫《おっくう》そうに呟いた。

「そりゃ、なんたって、春菜さんが発注元だからっす」

「御社には、まだ何も発注していません」

春菜はコーイチを睨み付けた。

「どうするんだ。一緒に行くのか、行かないのか?」

コーイチがニコニコしながらドアを開けたので、春菜は無言で乗り込んだ。

後部座席には、熨斗紙《のしがみ》付きの一升瓶《いっしょうびん》が二本置かれていた。酒は安価な醸造酒で、熨斗に鐘鋳建設と書かれている。訪問先は山奥で、道が狭くて危険だから、わざわざ迎えに来たと仙龍は言う。

「その酒は手土産だ。あんたから坊主に渡してくれ」

「でも、御社の名前が書いてあるじゃないですか」

助手席からコーイチが、一瞬だけ振り向いた。

「いいんすよ。どうせ熨斗書きなんか見ないんっすから」

「あんたが渡せば価値が増す。雷助《らいすけ》和尚は女好きだからな」

ルームミラー越しに仙龍が笑うので、春菜は唇を尖らせた。

「セクハラって言葉、知ってます？」

前の二人は振り向きもしない。

「小林教授の話だと、大徳院には、三代目蒼具清左衛門が金三十両也で怨霊祓いを依頼した記録が残っていたらしいっす」

助手席で、コーイチはノートパソコンを立ち上げた。

「さすが民俗学者の先生は、いろんな方面に顔が利くっすねえ」

「学芸員の先生たちは独自のネットワークを持っていて、企画展示をするときに、互いの資料を貸し合うの。だから全国に顔が利くのよ。それで？　記録にはなんて？」

「これが記録らしいっす」

コーイチが持ち上げたマックブックには、寄進の記録らしき画面が浮かんでいた。

受け取ってモニターを睨み、

「達筆すぎて、何が書かれているかわからない」

春菜は残念そうに白状した。

「天保九年。拡大した飢饉は蒼具村も呑み込んだ。麻で稼いだ私財を投じても、村人の食《く》い扶持《ぶち》すら確保できなくなったらしい。蒼具清左衛門は藩に年貢の減免を申し立てるが、もとより減免は天保四年から行われていて、藩も窮状を免《まぬが》れない。米の代わりに粟、稗《ひえ》、牛、馬、反物《たんもの》ほかを充《あ》ててきたものの、牛馬も死ぬ、人も死ぬ。そんなとき、雑穀の粥《かゆ》が振る舞われて、村は滅亡を免れた」

「オクラサマね」

仙龍は頷いた。

「言い伝えではオクラサマが年貢を盗んで村人たちに施したことになっているらしいが、たぶん違う。庄屋や三役の目を盗んで盗み出すことはできなかったはずだ」

「私もそれは考えていたの。オクラサマは罪を着せられたんじゃないかって」

「俺も、思ったんすよね。当時は連座制があったから、たぶん五人組に属していない村外の誰か、流れ者とか、宿なし人足とか、なんかそういうヤツを喋れなくして、人身御供《ひとみごくう》で突き出したんじゃ？　って」

「口を焼いて指を切ったのは、蒼具清左衛門だったというの？」

「もしくは清左衛門の号令のもと、村ぐるみで荷担したかだ」

省電力でパソコンモニターが消える瞬間、画面の中央で寄進記録の悪霊という文字だけがぼんやり見えて、春菜は静かに唇を嚙んだ。

「オクラサマは祟り神……そうだとすれば辻褄が合うわ」

「土蔵は二百年前に今の場所へ曳かれてきた。天保の飢饉の少し前。敷地の形から鑑《かんが》みるに、晒し場の隅から移転されたんだと思う。晒した麻を蓄えるのも、出荷にも、晒し場の近くに土蔵があったほうが、都合がよかったはずだから」

「社長から聞いたっすよ。裏庭と、夜参り講のこと」

「通常の曳き移転なら隠温羅流が曳くはずがない。然るべき理由があったはずなんだ」

「因縁除けのために移転したって言いたいんでしょう？」

「現在の場所は、夜参り講の庭に近いからな」

ルームミラー越しに仙龍を見て、春菜はポンと手を打った。

「もしかして、秘密の出産と関わりがあった？」

「女たちの秘密を知って、土蔵をあの場所に曳いたのかもしれない。清左衛門より前の時代には外便所がなくて、土蔵で出産させていたのかも」

そして赤ちゃんはどうなったのか。いずれにしても痛ましいことだ。

座席の隙間に身を乗り出して、コーイチがノートパソコンを引き寄せた。

「えっと、大徳院の古記録っすけど、概ね、こんなことが書かれているっす。

記：蒼具村の庄屋、清左衛門から悪鬼《あっき》祓いを依頼された。彼の家では男子がことごとく死霊に取り殺され、また、死霊が土蔵の周囲を徘徊《はいかい》するので怖くてならないという。僧《そう》正《じょう》が弟子数名を伴って悪鬼祓いに出かけたが、その怨念や凄まじく、三名が取り殺されて、命からがら逃げ帰ったと」

「お祓いは役に立たなかったのね」

「僧正はなんとかしてくれと泣きつく庄屋にこう言うんすよ。この上は死霊の亡骸を掘り返し、手厚く盛大な葬式を執《と》り行おうと」

パソコン画面を操作しながら、コーイチは古記録の先を読む。

「ところが、骸骨は掘り出したとたんに庄屋の首に食らいつこうとしたそうっす。僧正が法力で阻止するも、庄屋は腕を掴まれて、左腕に喰い込んだ骸骨の手が、どうやっても離れない。仕方がないので骸骨の手首を切り落とし、本体のほうは経文《きょうもん》を書いた薪《まき》で焼いたものの、清左衛門は発狂したと書かれています。是すべて因縁の為せる業なり云々と」

「よく読めるわね、そんなナメクジの這った跡みたいな字を」

「コーイチは文化人類学の修士号を持っているんだよ」

「そっすよ」

軽い口調でコーイチは言う。

春菜の中で、コーイチはお猿のオモチャから格上げになった。寺の古記録からしてみても、オクラサマが生け贄《いにえ》よろしく御上に突き出されたという推測は正しいと思える。それでは、オクラサマの正体は誰なのだろう。連座制を採っていた時代だからこそ、五人組に属していない者のはずだとコーイチは言うが、あんな山奥を都合よく訪れた誰かがいたというのだろうか。

仙龍の車は市街地を抜け、蒼具村とは反対方向へ走っていた。田園地帯を通り、再び山に入っていく。

「なら、今はその大徳院へ向かっているのね？」

一升瓶を眺めながら春菜が訊くと、仙龍は、

「そうじゃないよ」と、答えた。

「大徳院があるのは伊那《いな》っすよ。これから行くのは三途寺《さんずのてら》つうボロ寺で、そこの和尚に会いに行くんす」

「ご利益のなさそうな名前のお寺ね。なんでそんなところへ行くのよ」

「そこに和尚が、勝手に住み着いてしまったからさ。因縁祓いは親父の代から彼に頼んでいるんだが、三途寺は雷助和尚が廃寺につけた名で、もともとは湧禅寺《ゆうぜんじ》という立派な名前の禅寺だった」

仙龍といいコーイチといい、その坊さんといい……

「キャラが濃すぎて、ついていけない」

春菜はげんなりと肩を落とした。ため息まじりに窓を開けると、真夏の風が吹き込んで、ショートヘアを掻き上げた。見慣れた景色のそこここに、怪異は平然と潜んでいるものなのだろうか。それとも蒼具の土地が特別で、村の敷地に澱《おり》のように、悪意がわだかまっていたのだろうか。様々に思いを巡らせながらも、春菜は、いつのまにか蒼具家の歴史

を正しく残したいと考えている自分に気が付いた。

——それを決めるのはあんたじゃない！——

お為《ため》ごかしたパグ面の下にある本性を長坂が明かした瞬間が、春菜の心臓を、ぎぃぅ！と抉《えぐ》る。それでもやっぱり、どうしても、女衆の庭を駐車場にすることはできないし、かといって、村が隠し続けた真実を暴くこともしたくない。それはあの場所に積み重なった想いのすべてを踏みにじること。人として踏み越えてはならない一線を、踏み越えてしまうことに思われた。


ようやく辿り着いた三途寺は、仙龍の言うとおり、車一台がやっと通れる山道の先にあった。道路が整備されていないので、好き放題に伸びた枝が道の両側にせり出して、容赦なく車体や窓を叩いてくる。舗装の朽ちた地面には、斜面から転がり落ちた石さえあって、愛車では絶対に通りたくない道だった。

「これってUターンできる道？」

対向車が来るとも思えないが、カーブの先がまったく見えないのが怖い。

「ていうか、こんな山奥のお寺って、いったい誰が参拝するのよ」

「湧禅寺はおこもり修行にいいとこだったみたいすよ。寺を守る人がいなくなって、雷助和尚がまあ、隠れ宿代わりにしてるっつーか」

「その和尚、信用できるの？」

「腕は確かなんっすよ」「書類はちゃんと書けるから安心しろ」

コーイチと仙龍が同時に答える。

「御社に発注すると、まだ決めていませんから」

それどころか、長坂が仕事を依頼してくれるかすら、まだ決まってはいないのだ。でも……この仕事は、取らなきゃならない。取って、あの庭を守らなきゃならない。六千万まで値段を下げても、絶対に。春菜はぎゅっと拳を握った。


枝垂れた緑のトンネルの先で、道は突然終わっていた。右も左も後ろも山で、正面すら山に埋もれつつ、石積みで平らに整えた敷地にスーパーカブと軽トラックが止まっていた。木製の門はすでに壊れ、草生《くさむ》す庭の奥に寺がある。怪談映画のセットかと思うほど、廃れて年季の入った寺だった。

「和尚、いるみたいっすね。カブもトラックもありますから」

「当然だ」

言いながら仙龍は車を降りて、後部座席のドアを開け、重い一升瓶を引っ張り出した。

「本堂までは俺が持つ。それと、和尚に名刺は渡すなよ」

「どうして？」

「女好きだと言っただろ。暇に任せて電話されたら、面倒臭くて困るだろうが」

すでにバッグの中で握っていた名刺入れを、春菜は慌てて手放した。

三途寺の周囲には背の高い杉が林立しており、胸の奥まで滲《し》み通るほど、針葉樹の香りがした。ジーワカジーワカジーワカと、油蟬の声が降ってくる。山全体が賑《にぎ》やかな生命力を感じさせ、同じ山でも蒼具村の静けさとは違っていた。草ぼうぼうの敷地を進むと、開け放した本堂の暗がりで、ランニングシャツ姿の禿《は》げた男が、団扇《うちわ》片手に昼寝をしていた。だらしなく突き出た腹と大きく開いた口を見て不安が募る。仙龍が重い酒二升を渡してきたので、春菜は靴の爪先で酒ビンの底を支えた。

「和尚、仕事だ」

よだれを垂らさんばかりに眠りこけていた和尚の手から、仙龍は団扇を奪って、風を送った。やっぱりこれが和尚なのねと、春菜は絶望的な気分になった。

「仙龍か。儂は忙しいのだ、放っておけ」

くるりと体を裏返し、こちらに尻を向けてすぐ、和尚はガバリと跳ね起きて、よだれを拭きつつ振り向いた。春菜に目を向け、腰に巻いていた法衣《ほうえ》を羽織る。

「や。これはこれは。仙龍も人が悪い。娘子《むすめご》連れなら、そうと申せばいいものを」

「高沢春菜さんっすよ、美人っすよね」

コーイチが水を向けたので、春菜は仕方なく、仙龍に持たされた酒を差し出した。

「わたくし、株式会社アーキテクツの高沢と申します。あの……これ」

「ありがたし。拙僧は加藤《かとう》雷助和尚と申す」

雷助和尚は裸足《はだし》で庭に飛び降りてきて、無遠慮に酒を受け取った。コーイチの言うとおり、熨斗書きを気にする素振りすらない。

「酒は二流に限るでの。旨い酒だと飲みすぎる。どうです？　儂の破れ寺で」

杯《さかずき》を傾ける素振《そぶ》りで言うのを、春菜は、「けっこうです」と、軽くいなした。

「そうかな、それは残念で」

雷助は嬉々《きき》として二升を胸に抱き、そそくさと本堂の床に上がった。

「蒼具村の土蔵に、彼女の会社が絡んでいる。見積もりを出したいから、供養料を弾いてくれ」

仙龍が言うと、雷助は酒を本尊に上げ、形ばかり拝んで戻ってきた。斑《まだら》に剃《そ》った無精髭といい、入道みたいな赤ら顔といい、生臭坊主《なまぐさぼうず》を絵に描いたようだと春菜は思う。

「娘子が担当されるので？」

「はい。ただし、仕事が取れれば、ですけど。いずれにしても、積算書類を作成して、企画を通さないことには始まりません」

「コーイチ」と、和尚はコーイチを呼んだ。

「茶碗《ちゃわん》に般若湯《はんにゃとう》を持ってこい。今もらったヤツじゃなく、庫裡《くり》の床下にあるヤツを」

「へいへい」

山猿のような身のこなしでコーイチが庫裡へ走っていくと、雷助は床に胡座《あぐら》をかいて、自分の隣をペチペチ叩いた。

「ここへお座り。日向《ひなた》は暑かろう」

春菜は雷助から一メートル以上離れた場所に、ハンカチを敷いて、腰を下ろした。

「供養料は一人頭三万円かけ人数分。と、言いたいところが、べっぴんさんの娘子に酒をもろうたで、一式百万にまけておきます」

春菜は目を白黒させて仙龍の顔色を窺った。地鎮祭《じちんさい》や鍬《くわ》入れ式で支払う金額とは、比べものにならないほど高額だ。それでも仙龍はしたり顔で頷いている。まるで、安酒二升が数十万円に化けたといわんばかりに。

「ていうか、あの。そんなざっくりした言い方で三桁《けた》の請求って」

春菜が開けたスペースに仙龍が腰を下ろすと、和尚はその背中越しに顔を覗かせ、

「お布施が高いとお思いか？　件の庭には、善童子が何人おわすと思うかね」

と、訊いてきた。たぶん善童子は嬰児を指すのだ。春菜は無言で首を傾げた。

「因縁とは、因によって結ばれた縁《えにし》をいう。原因があるから所縁が生まれる。縁は円につながって、良縁を結べば良縁が還《かえ》るが、悪縁を結べば悪縁が還る。例えば娘子は、親の主縁を以《もっ》て世に存在しておるが、彼の庭に生み捨てられた善童子らは、ひとつの縁も結ぶこ

となく、御陰《ほと》から中陰《ちゅういん》へ落とされて、どこにも行けずにおるということ」

「今もあの庭を彷徨っていると？」

「左様」と、雷助は腕組みをした。

後ろから、コーイチが茶碗酒を一杯、盆にも載せずに持ってくる。彼はそれをぐびりと呑んで、縁に滴る一滴を、手のひらで拭ってべろりと舐めた。

「甘露《かんろ》甘露。それを彼岸へ送ろうにもな、現世と縁を結んですらないものを、儂らがどうこうできぬわな？」

春菜は身を乗り出した。

「それってつまり、百万円をお支払いしても、因縁祓いできないってことじゃないですか？」

「そうは言っておらん。先ずはこの世に縁をつないでやらねばな」

「どうやって……」

「そこを考えるのは儂じゃない。導師の号を持つ仙龍じゃ」

「名前をつけてやろうと思う」

静かな声で仙龍は言った。

「名前を……？　生み捨てられた赤ちゃん全部に？」

雷助和尚は大きな手のひらで仙龍の背中をべしべし叩いた。

「この男、無骨に見えて根は優しい。その優しさあればこそ、因果を含めて因縁を切る。左様左様、一人一人、総ての子らに、相応しい名前をつけてやろう。然してその後、その名を呼んで供養する。ささ」

雷助は茶碗酒を飲み干すと、人差し指で茶碗の中をぐるりと拭いて、指を舐めてから立ち上がった。法衣の帯を締め直し、「ゆくか」と、仙龍の肩を張る。

「破れ寺はこのままで。訪《おとな》う者もいなければ、盗《と》るにめぼしいものもない」

車へ向かう道すがら、雷助和尚は歩調を緩め、春菜とコーイチを先に行かせて仙龍の横に並んだ。

「見えるかのう?」

春菜の背中に顎をしゃくって、雷助和尚はそう訊いた。

「彼女はサニワが強いんだ。本人はまったく気づいていないがね」

勇ましいことよ。と、雷助は唸《うな》る。

「どうあろうと進むしかないが、本丸を叩くときは、娘子を遠ざけておく必要があるぞ。危険じゃで」

「そうだな、そのときは俺たちだけで……」

斯《か》くして春菜たち一行は、仏具を包んだ大風呂敷《おおぶろしき》を抱く和尚を連れて、蒼具村へ再び向かった。仙龍の計らいで助手席に春菜が乗り、和尚とコーイチが後部座席に座る形だ。それでも雷助和尚の酒臭い息が漂って、車内の空気は不快だった。

「残すは祟り神の正体だのぅ」

耳垢《みみあか》を掘りながら、雷助和尚は小首を傾げる。助手席では春菜がタブレットPCを立ち上げて、和尚の提示した供養料を見積金額に足し、同じように首を傾げていた。

「供養料の百万円、どう計上すればいいっていうのよ……」

「平気っすよ。春菜さんはサニワを持ってるんすから」

春菜は思いきり体を捻《ひね》って、真後ろのコーイチを振り向いた。

「サニワサニワって何なのよ、ぜんっぜん意味がわかんない」

コーイチはニヘラッと笑っただけで、なんの説明もしてくれない。横で和尚が小指の垢を吹き飛ばしながら、

「時に仙龍。怨霊の言い分をどうやって探る?」と、訊く。

仙龍は、ちらりとルームミラー越しに和尚を見た。

「蒼具家には禁忌があって、カミガエシの時期に隠れ鬼を禁じたそうだ」

「ほう」

「そして禁忌を破った者は、蒼具神社で死ぬらしい。死体には口がなく、四肢の指が折れている。その死に様はオクラサマにそっくりだ」

「画《え》に描いたような祟りだのう。なればどうする」

「隠れ鬼をして鬼を呼ぶ」

「は？　何言ってんの」

春菜は仙龍に体を向けた。

「そんなことして、本当に何か起きたらどうするの」

「何が起きても、俺は四十二まで寿命がある。それとも、俺が心配か？」

「なんで心配なんか……ていうか、なんなのよ、その中途半端《ちゅうとはんぱ》な寿命の切り方」

「あれなんっすよ、隠温羅流の導師は代々、四十二の厄年に寿命が尽きているんっすよ」

「は？」

「嘘みたいだけど本当の話す。社長んとこの過去帳を見ると、ずらっと享年四十二。でも、だからこそ、スカイダイビングが趣味なんっすよ。ねえ、社長」

「喋りすぎだ」

春菜は、井之上部局長の話を思い出していた。親水公園の岩を曳いた仙龍の父親は、若くして亡くなったという。彼みたいな能力を持つ人間は短命で、たいてい五十前に亡くなると、部局長はたしかそう言った。

「儂は仙龍の父昇龍とも縁《ゆかり》があったがな。隠温羅流導師の宿命で、因縁を切って因縁を受け、因縁に呼ばれてしまうのだ。隠温羅流が代々因した縁は、六道にわたり六道をつなぐ。天、人間、修羅、畜生、餓鬼に地獄で、これが六道。天命までに六つの悪縁切りができればあるいは……いや、いや、所詮《しょせん》は諸行無常だ」

「俺の話はどうでもいい。地獄の釜が開くまでに、道を作って怨霊を帰す」

（地獄の釜って？）春菜がこっそりコーイチに訊くと、

（お盆のことっす）コーイチもこっそり教えてくれた。


蒼具村の上空には、見事な入道雲が湧いていた。

突き伸びるような杉林ではなく、雑木や広葉樹の森だからこそ、蒼具の空は広いのかしらと春菜は思った。蟬時雨の声もまた、三途寺のそれとは違う。蒼具村では山全体が鳴くように、寂しい音がカナカナカナと、さざ波のように打ち寄せてくる。

仙龍がいつもの駐車場に車を回すと、見慣れぬ車が止まっていた。小洒落《こじゃれ》たフィアットと仲良く並ぶ清栄土建《せいえいどけん》株式会社のバンを見て、春菜は厭な予感がした。フィアットのサンバイザーに、レイバンのサングラスがぶら下がっている。春菜は身を乗り出して、

「あのパグ男」と、悪態をついた。

「先客がいるみたいだな。知り合いか？」

「たぶんそう。ここの設計図面を引いている、長坂設計の所長だわ」

ウインドウを鏡代わりに、春菜は前髪を整えた。

「あいつ……他社にも話を振ったのかも。シビアな駆け引きが続いているから、うちのプ

ランが通らなければ、裏庭は駐車場にされてしまうわ」

「役場の車が来ていないから、無断で敷地に入ったようだな。大丈夫か？」

「全然大丈夫なんかじゃないわ。一応はクライアントなんだけど、狡猾《こうかつ》で油断のならない相手なの」

車外に降りて振り向いてみたが、ほかの三人は車を降りようとしていない。

「和尚は顔を晒したくないし、俺とコーイチは準備がある」と、仙龍。

「和尚はギャンブルで借金こさえて、借金取りに追われているんす。人目に触れたくないんすよ」

コーイチがさも面白そうに、後部座席に伏せた雷助を指す。

春菜はブラウスの襟を整え、背筋を伸ばして駐車場を出ていった。


長坂が何かしでかしそうで気持ちが焦り、裏庭を突っ切っていくことにした。真っ昼間なら怪異も起こりようがないだろうと、女衆の庭に足を踏み入れたとたん、春菜は激しい哀しみと、怒りを感じた。

真夏の太陽に炙《あぶ》られながら、精一杯に小さな花を咲かせる菊が、蒸《む》れたような臭いを放っている。みっちりと混み合った葉が白茶けて、風車がけたたましく鳴っている。棘刺《とげさ》すように空気が尖って、イライラが子宮に満ちてくる。

「あっ」

春菜は怒りで足を止めた。

女たちが丹精込めた風車が引き抜かれ、菊の藪は踏みしだかれて、和蠟燭の燃えさしが、まとめて地面に捨てられていたのだ。菊があるのは外便所だった場所。誰もそこを踏みつけることがないように、村の女たちが赤と黄色の小菊を植えたというのに。

春菜は跪《ひざまず》いて蠟燭を拾い、倒れた風車を地面に挿した。

──もーう、いーい、かーい……──

そのとき、か細い声がした。

──もーう、いーい、かーい──

菊の葉陰にしゃがんだままで、春菜は周囲を見回した。遠く、か細く、けれどもはっきり、声は頭の裏側で繰り返される。

──もーう、いーい、かーい──

強く瞬きして春菜は、ブルンと頭を振ってみた。カラカラカラ、と、風車が回る。ひぃようおぅ、と、風が鳴く。

──もーう、いーい、かーい──

そして視界の裏側で、春菜は、土蔵に隠れる子供らを見た。

──もーう、いーい、かーい──

呼ばわる声は大人のものだ。何人もの大人が一列で、土蔵の前に立っている。その中の一人、端整な顔つきをした初老の男が、猫なで声で呼ばわっていた。

——もーう、いーい、かーい——

隠れた子供らの心臓の鼓動が、春菜の胸を押し上げてくる。言い知れぬ恐怖。そして、見つかるのは誰かという興奮。もーう、いーい、よーと、応える子供は一人もいない。

ああ……。喉元まで心臓がせり上がり、苦しくて、春菜は喘《あえ》いだ。恐怖に全身が震え始め、そして春菜は気が付いた。この恐怖は子供らのものだ。最初に見つかった者がどうなるか、子供らはみな、わかっているのだ。

たぶん『兄さ』が、最初に見つかる。だからどうか。だからどうか、早く恐怖から解放されますように。それでもどうか、それでもどうか、誰も見つかりませんように。

子供らは顔を伏せ、自分の手足で自分を隠す。

そして突然春菜の視界に、真っ赤な風車が飛び込んできた。

春菜は両目を見開いたまま、地面にしゃがんで、泣いていた。涙は顎でひとつになって、喉から胸へ流れ落ちている。固く握りしめていた風車の軸を、ぱっと放した。

(何……いまの……?)

——春菜さんはサニワを持ってるんすから——

コーイチの言葉が脳裏に響く。春菜は手の甲で涙を拭った。

顔を上げて、立ち上がると、土蔵の前で話し込んでいる長坂と、見知らぬ二人の業者が見えた。心臓はまだドキドキと強く躍って、山の鳴く音があたりに響き、呼ばわる声はもう、聞こえない。そうして春菜は、さらに見た。

注連縄と盛り塩の結界が破られて、土蔵の扉が開かれている。

「長坂先生」

平静を装い、走っていくと、長坂は驚いて、あからさまに表情を強《こわ》ばらせた。

やっぱりだ。土蔵の扉が開いている。注連縄は片側に寄せられて、盛り塩を踏んだ跡がある。清酒の線も、引かれていない。仙龍なしではこの土蔵を、誰も開けることがなかったというのに。

「お疲れ様です。偶然ですね」

微笑もうと思いつつ、春菜の顔は引きつっていた。不用意に扉を開けてしまえば、血文字の土戸は内側に隠れ、祟り神の封印が解かれてしまう。

長坂は、『マズい』という顔をした。

「春菜ちゃん。仕事熱心だね。今日は、何?」

「長坂所長こそ……どうして、土蔵の扉を開けたんですか」

「何?」

おまえに言われる筋合いはないと、怒気を含んだ声で長坂は訊く。

「注連縄が張ってあったはずです。あと、盛り塩も」

「調査に邪魔だから外したんだよ。あとでまたくっつけておくよ」

「そういう問題じゃ……」

「長坂先生」

土蔵から男が現れたので、春菜は一旦会話をやめた。

清栄土建のブレザーを着た男は、長坂と一緒にいる春菜を見て、

「あ。どうも」と、頭を下げた。

長坂が何か言う前に、春菜は名刺を取り出した。

「わたくし、株式会社アーキテクツの高沢と申します」女は度胸と愛嬌《あいきょう》だ。

「長坂先生には大変お世話になっておりまして、ただいまも、こちらの文化財の、展示プランを企画させていただいているところです」

彼は名刺を受け取り、名刺をくれた。建築アドバイザーとなっている。

「これはどうも。ちょうど今、調査を始めたところでして」

黄色いスクエアメガネをかけた建築アドバイザーは、土蔵の中へ顎をしゃくった。

「結構いたんでいますからね。まだ、二階に一人、曳き屋技術士がいるんですけど」

「あら。やっぱり曳き屋するんですね。でも、土蔵って、動かすのが大変じゃありませ

ん？」

水を向けると、彼は気障《きざ》っぽくメガネを押し上げた。メガネレンズの黄色い色が、濃いめの顔つきを際立たせている。

「長坂先生とも話していたんですがねえ、土蔵は曳かずに壊してしまって、重文《じゅうぶん》の土戸だけ、モニュメントとして道の駅構内に展示するのはどうだろうかと」

「土戸だけ？」

「この土蔵を修復保存しようと思うと、相応の金額がかかります。屋根もですが、基礎から全部に手を入れるとして、そもそも資材の入手が困難でしょう？　壁土や、柱に使われている栗材《くりざい》も」

「壊すんですか？　この土蔵を。民俗資料館として活用するんじゃ」

春菜はキッと長坂を睨んだ。長坂はハンカチを出して、かいてもいない汗を拭った。

「重要文化財に登録されたのは土戸だけだしね、選択肢のひとつとして、モニュメントもありなんじゃない？　それか、本体建造物に一室設けて、そこを展示室に使うとかね」

「私、たたき台のキープランに関しては、ご指定日時までにきっちり提供させていただきましたよね？　会議に間に合って大変助かったと、お褒めいただいていますけど」

長坂は愛想笑いしながら春菜の背中に手を伸ばし、もう片方の手を建築アドバイザーに颯爽《さっそう》と向けた。

「そーう、そう。彼女は優秀なんですよ。商業施設のマーケティングから、各種サインのデザインや製作までね、なんでもこなす才媛《さいえん》で。よかったら清栄土建さんもぜひ、彼女を引き立ててやってくれませんかね」

「それはぜひお付き合いさせていただきたいですな」

「ええ。こちらこそ……」

とびっきりの笑顔で応えながらも、腹の内は煮えくりかえっていた。

長坂は初めから、私にプランニングを任せるつもりなんか、なかったのだ。新人だから、使えるところまでいいように使って、その後はまたどこかの広告代理店の、熱意溢れる新人を使い潰していくつもりだったのだ。

徹夜してひねり出した多くのプラン。製作サイドとケンカしながら、少しでも安価によいものを提供しようと腐心したサインの数々。日程の調整、職人の手配。真剣に悩んだあれこれが思い出されて、春菜は震えた。今ここで、こいつの頬を張り飛ばし、啖呵を切ったらどんなに胸がすっとするだろう……

そのとき、井之上部局長の飄々《ひょうひょう》とした顔が脳裏をよぎった。

——長坂先生を動かしたいなら、利害の利で押すしかないだろうな。こうしたらこういうメリットが見込めます。プラスマイナスを精査して、プラスのプランを提示する——

怒りに震える両の拳を、春菜は握って、微笑んだ。

「それは素晴らしいプランですね。土戸だけモニュメントとして展示するのは」

このままでは済まさない。一矢《いっし》も報《むく》いず企画プランから外されてしまうなんてことは。

そのときだった、土蔵の二階で誰かが呼んだ。

「もういいですかー?」

春菜はハッと顔を上げた。内部に清栄土建の曳き屋技術士が、残って調査を続けているのだ。

——もーう、いーい、かーい……——

繰り返す声が遠くで聞こえ、春菜は慌てて長坂を見た。

「聞こえましたか? 今の」

「聞こえたって、何が?」

鈍感な長坂には聞こえないのかもしれない。封印が解かれ、オクラサマは外に出た。カミガエシもせずに、オクラサマは放たれてしまった。

——もーう……いーい……かーい——

「いいよー。下りてくれ」

そう言ったのは建築アドバイザーだった。調査を終える許可を出したのだ。

——みーい……つーけ……たー……——

嬉《うれ》しげな声が聞こえたその瞬間、ビシ! っと音がするようにして、あたりの空気が一瞬で凍った。暴風のような風が吹き、春菜たちの髪を巻き上げる。注連縄が千切れて風にさらわれ、雲の影があたりに落ちた。

「うわ、なんだよもう。これだから田舎の山奥は……」

長坂が文句を言いつつ、スーツについた埃を払った瞬間。

ダダダダダンッ！　と音を立て、土蔵全体が大きく揺れた。奥にある梯子《はしご》のような階段から、男が一人、転がり落ちてきたのだった。

「橋本《はしもと》君っ！」

建築アドバイザーが大声を上げる。落ちてきた男は埃まみれで、腰をさすりながら、

「痛てぇ」と、呻《うめ》いた。

さすがの長坂も両目を剝き出して驚いている。

「大丈夫ですか？」

春菜が訊くと、落ちてきた男は仲間の手を借りて立ち上がった。

「この土蔵……なんかおかしくないですか……？」

蒼白《そうはく》な顔に血が滲《にじ》んでいる。落ちたとき、どこかで擦ったのだ。

「おかしいって何が？　本当に大丈夫か」

「いえ、別に。大丈夫です」

曳き屋技術士はそう答えたものの、そそくさと土蔵を出ると、地面に直接座ってしまっ

た。

「足下が暗かったからだよね？　ほら、建物が古いから」

長坂はしきりに機嫌を取っている。それを見た春菜は、さらに怒りが湧いてきた。

「清栄土建さんは、土戸の現物を？」

二人にそう聞いてみる。

「いえ、まだ拝見していませんが」

「そうですか」

と、春菜はニッコリ笑った。おそらく二人が来る前に、長坂が扉を開けたのだ。建築業者は盛り塩や注連縄に敏感だから、結界を破って土戸を開けて、血文字が見えないようにしておいたのだ。

「せっかくですもの。ご覧になったほうがよろしいかと思います。人間の血で書かれた文字なんか、滅多《めった》に見ることはできませんから」

「ちょっと、春菜ちゃん」

長坂が春菜を睨んだが、無視して土蔵の石段を上がる。

「どうぞ、これです」

仙龍がやっていたのを思い出し、土戸の片側だけを懸命に引くと、職人の血が騒いだのか、曳き屋技術士がすぐに立ち上がって春菜を手伝い、そして、

「あっ」と、叫んで絶句した。

「あ、あ、それね。別に珍しいものじゃない。ただの、昔の、汚い扉で」

長坂はオロオロと言い訳をしたが、仲間が見せた驚愕《きょうがく》の表情に建築アドバイザーも石段を上り、半分閉じられた土戸の内側を覗き込んだ。それから彼は、曳き屋技術士と一緒に観音開きの両戸を閉じた。土蔵の外に、長坂だけが残された。

閉じられた土蔵には、たったひとつの明かり取りから、斜めに光が落ちていた。光は床に反射して、土戸の内部をぼんやり照らす。強烈なライトではなく自然光で見る床面には、滴る鮮血の跡が、より生々しく浮かび上がっていた。鮮血は筋を引いて土戸に向かい、叩きつけるような凄まじさで土戸に文字を書いている。

清栄土建の二人は息を呑み、春菜もまた、自らの腕を斬り落とした庄屋が憤怒《ふんぬ》の形相で字を書く姿をありありと感じた。

「これは三代目の蒼具清左衛門が、斬り落とした自分の腕で書いたものです。なぜかわかります？　冤罪《えんざい》で斬死《ざんし》させた罪なき相手に崇られて、その亡骸に腕を摑まれ、喰い込んだ手指が離れず発狂したからですって」

「春菜ちゃん、おい！　高沢君」

外で長坂が叫んでいるが、春菜はもう怯《ひる》まなかった。

「土蔵の禁忌を破った人に、数名の変死人が出ていることも有名な話だそうですよ」

清栄土建の二人は顔を見合わせた。

「実は俺……さっき、土蔵の二階で、変なものを」

曳き屋技術士がその先を言いあぐね、微かに指を震わせる。あの臭いが、三人の足下に迫っていた。

「とにかく出よう。ここはマズいよ」

建築アドバイザーがそう言って、二人は扉に取り付いた。閉じ込められるのではないかという恐怖が三人の頭を共通してよぎる。だが、春菜はさらに追い打ちをかけるのをやめなかった。

「母屋の奥には蒼具家の墓地もありますし、いまだに地元の女性たちが花の手入れに来ている庭も。その庭は蒼具家が村の女性たちに提供していた場所なので、所有権の問題もあります。そのことはお聞きになっていますか？」

「いいや」

アドバイザーが憮然《ぶぜん》と言い放ったとき、土蔵の扉は静かに開いた。

「春菜ちゃん！」

長坂がどす黒い顔で立っている。怒り心頭に発したという表情だ。

「重文の文字は、人間の血だったんですね？」

清栄土建の二人は石段を下り、長坂の前に立って彼を睨んだ。

「ええ、まあ……」

「清栄土建さんが主体になってくださって嬉しいわ。変死人と土蔵の関係はネットに出てしまっているので、下請けさんが怖がって仕事を受けてくれないんです」

「土地の持ち主と、話はついているってことでしたよね？」

曳き屋技術士が長坂に詰め寄った。声に怒りがこもっている。

「ええ、それはついてますよ。ここは、持ち主が役場に寄贈した土地なんだから」

「でも、庭にはまだ、村の女性たちが来ていますよね。それと、役場の方が仰っていましたけれど、母屋の仏壇や遺影なんかは、相応にお焚き上げしてほしいそうですよ。ほかにも、中庭の石仏や祠なんかも」

「石仏に、祠？」

「ええ。お稲荷さんや、あと、首のないお地蔵さんも」

「首なし地蔵？」

長坂は大きな目玉を白黒させて、嚙み付きそうな顔で春菜を睨んだ。

「きき、君は……」

「長坂先生」

建築アドバイザーは、指先で黄色いメガネを持ち上げた。

「精査してお見積もりを出し直させていただきたいと思います。お話では、建築計画はすべて施主さんの了承済みとのことでしたよね？　弊社が見落とした積算分がありそうですから」

「いや、いや、了承済みですって」

「そのあたりも調査しませんと。契約書を交わしてしまってからでは、こちらの負債になりかねません。そもそも、ギリギリの薄利なプランでお出ししていた件ですし」

では。と、春菜に頭を下げて、清栄土建の二人は、身を翻《ひるがえ》して駐車場へ向かった。見送る素振りで深く頭を下げた長坂は、上げた頭で凄まじい形相を春菜に向けた。飛び出さんばかりに目玉を剝き出し、唾《つば》を飛ばしながら吐き捨てる。

「ふざけるなよ！　君には二度と、仕事を出さない！」

「二度と？　あら。じゃあ、一度はお仕事いただけるんですね。バンザイ！」

「この！」

長坂が春菜に拳を振り上げたときだった。ドスッ！　と、鈍《にぶ》い音を立て、何かが土蔵にぶつかってきた。腕を振り上げたままの長坂は、ぶつかってきた物を見たとたん、蒼白になって後ろに下がった。誰が投げたかと周囲を見回す。

「ししし、失敬だな君は。君のところの社長にも、この件は報告しておくからな」

「ご鞭撻《べんたつ》、いたみいります」

嫌みなほどに頭を下げつつ、やってみなさいよ、と、春菜は思った。

売り上げ実績のない設計士なんか、こっちから願い下げなのよ。

視界から長坂の足が消えるまで、春菜は頭を下げ続け、ようやく顔を上げて地面を見ると、そこに転がっていたのは小さな地蔵の頭だった。ほんのり微笑む小さな顔が、横様に春菜を見上げている。頭の一部に苔が生え、湿った土にまみれていた。

(何これ……どこから飛んで来たんだろう?)

不思議と恐怖は感じなかった。しゃがんで首を膝に抱き、ハンカチで泥を拭っていると、

「嘘はつくなよ」

頭の上で声がした。いつのまにか、仙龍が立っていた。

「嘘って何よ」

「変死人と土蔵の関係は、ネットで調べればすぐ出てくると言ったろう? 因縁物に関わる人間は、嘘をつくたび心が濁る。心が濁れば悪意に寄って、身に災厄をまとうんだよ」

「や。春菜さんは嘘なんか、ついてねえっす」

その後ろからコーイチが、ニコニコとスマホを掲げて見せた。

「ネットにアップしておきました。清栄土建、大手っすからねえ。実際に動くのは下請けばっかで、さすがにこんな物件を、捨て値でやらされちゃ可哀想っすから」

「話……聞いてたの?」

「そっすよ」

コーイチは、へらりと笑った。

「ちっさい業者は、上から言われりゃ泣く泣く受けなきゃならないっすもん。でも、因縁付き物件は、暗黙の了解つーか、断る理由として認められるつーか」

「好き好んで関わる業者はいないよ。報酬が莫大《ばくだい》ならいざ知らず」

地蔵の頭を抱きかかえ、春菜は泣いているような顔で、笑った。本当は、怖かったのだ。長坂に立ち向かうのも、土蔵の結界が破られたことも。

「オクラサマをなんとかしないと、清栄土建の曳き屋技術士が殺されてしまうわ」

「そっすね。つか、酷くねえすか？　あのパグみたいなおっさんは」

土蔵の扉も開けっ放しのまま、長坂は逃げるように帰ってしまった。

「そうよ、そうなの。クライアントのあの設計士は、土蔵も、庭も、蒼具家の屋敷も、何ひとつ大切に思っていないの」

「でも、まあ、仕事だけ出してくれればね。俺たちはそれでいいんっすから」

コーイチはニコニコと土蔵に入り、土戸を閉じて、格子戸も閉めた。

わりといい奴《やつ》……と、地蔵の頭を抱きしめたまま、春菜は思った。

「地蔵菩薩は子供の守り神と言われているんだ」

仙龍は跪き、春菜から地蔵の首を受け取った。

「体は中庭にあったよな。こうして頭が出てきたのなら、流れはあんたに向いているよ」

「ちっとも意味がわかりませんけど」

「春菜さんはサニワが強いっす。流れが本流に向くときは、いろんなことがつながっていくんで、お地蔵さんも、この家も、俺たちを応援してくれているんすよ。俺も春菜さんの言うとおり、血文字は斬られた庄屋の腕で書かれたもんだと思いますもん」

春菜は立ち上がって、洋服についた土を払った。

あれはただの思いつきでなく、確証に近い直感だった。庄屋はオクラサマの指が喰い込んだ腕を鉈《なた》で斬り、それで土戸に文字を書いたのだ。悲鳴にも似た声を上げ、両足を踏ん張って、書きながら激しく泣いていた。

庄屋はオクラサマを悼んでいたのだ。オクラサマが祟って殺した息子たちのことも悼んでいた。その胸にあるのは確固たる矜持《きょうじ》と、そうあらねばならなかった自分への鼓舞。そして激しい哀しみだった。

——もーう、いーい、かーい……——

土蔵の庭で呼ばわっていた初老の男を思い出す。

蒼具家特有の端整な顔をした、彼が清左衛門。彼は子供らに隠れ鬼をさせ、最初に見つかった者を生け贄にした。オクラサマもその一人。そして生け贄にされたオクラサマは仕返しのため隠れ鬼にまじり込み、清左衛門の嫡男を狩ったのだ。

鼻の奥がツンとして、春菜は激しい哀しみに襲われた。誰一人、残忍なことを望まなかった。誰も皆、村の未来を憂えていた。土砂降りの雨。しな垂れる草。雨に打たれて、泥にまみれて、泣いている大人の顔が心に浮かんだ。村のため、みなのため……彼らは泣いて、泣いて、泣いて……見下ろしている。美しい顔を。

「由紀夫ちゃん……」

瞬間、春菜の意識が飛んで、パサリと地面に体が落ちた。

其の五　オクラサマ

山肌を赤く染めながら、太陽が向こうへ落ちていく。金から茜《あかね》、そして紫紺《しこん》へ、空の錦《にしき》を眺めつつ、春菜は、胸の奥まで山の空気を吸い込んだ。

昼間、意識を失ったのは、サニワが強すぎたせいだと仙龍は言った。サニワが何かわからなくても、春菜は想像がついてきた。すでに世に亡き人々と想いを交わそうとするならば、それが夢幻《ゆめまぼろし》であったとしても、人は魂を拠《よ》り所《どころ》とする。そういう感覚を笑い飛ばすことは、もうできない。春菜は今、薄闇迫る菊の庭に雷助和尚と仙龍が陣取って、夥しい数の経木を積み上げるのを見守っていた。それらを包んできた古風呂敷を地面に広げ、沢から汲《く》み上げてきた水で、雷助和尚は墨を擦る。清冽な墨の匂いが風に乗り、菊の髄《まにま》に行き渡ってゆくようだ。

「なんかもっと、護摩壇を作るとか、火を焚くとか、そういうことをすると思ったわ」

春菜が言うと、コーイチが、

「あー。ま、相手が人間じゃないからっすねえ」と、真面目に言った。

「ところで、あなたは手伝わないの？」

コーイチはオモチャの猿がシンバルを叩くみたいに両手を振った。

「無理っす無理っす。俺ってホントに、そっちのほうは苦手すぎで……」

「でも、仙龍はあなたを頼りにしているみたいだし、けっこうな活躍ぶりだと思うけど」

「それは春菜さん」

コーイチは俯いて頭を掻きながら、

「あなたがいたからっすよ。……なんちて」

と、どや顔を見せたが、春菜は聞いていなかった。

紺碧《こんぺき》の空に星が瞬く。山々は黒く沈んで風は冷え、風車が静かに回っている。和尚は地面に清酒をまくと、小さな香炉に線香を立て、何本かの蠟燭に火を灯して胡座をかいた。正面にあるのは小さな地蔵で、それは仙龍が中庭から胴体を運び、拾った頭を装着したものだった。

白くて細い線香の煙が、引っ張られるように地面に落ちて広がっていく。蠟燭の炎が丸かった。

（蠟燭の火が丸く膨らんで燃えるなんて……）

とても不思議に思えたが、空気が張り詰めていたために、春菜は言葉にできなかった。

コーイチはコソコソとその場を離れて、車の助手席に逃げ込んでいる。

厳《おごそ》かに、低く、地面の奥から響くような読経の声は、足下から伝って臓腑《ぞうふ》に入り、心臓に達して、春菜の心を静かに満たす。空っぽの子宮に、ふたつの乳房に、そして頰と唇に、春菜はまだ見ぬ命を感じる。切なくて温かく、幸福な気持ちだ。

村の女たちが与え損ねた、想いのかたちだと春菜は思った。

風車が回る中、庭の地面に明かりが兆《きざ》す。和尚は数珠を持つ手に筆を取り、仙龍が手渡す経木にすらすらと何かを書き付けていく。読経はやまず、手も止めない。ひとつ経木が積み上がるたびに、線香の香りが強くなる。

蒼具神社がある山で、何かの鳥が鳴いている。チチチチチッと声がして、しばらく後に、また同じように鳴く。音と香りとビジョンが巡り、めくるめく感覚に囚《とら》われているうちに、いつしか夜は深まっていた。

「なぁにを、やっとりますかいのう……」

暗闇から声がした。ぎょっとして振り向くと、下からあの目が見上げていた。蓬髪を振り乱し、絣の半纏を着た御婆が、春菜の隣に立っている。立っているといっても、背が低い上に体が半分に畳まれているので、人間とは思えないほど小さく見える。

「今日は産めずっ子らが泣いとらん……読経しとるのは、どこの坊さん？」

「雷助和尚というお坊さんが、子供たち一人一人に、名前を」

「ほうぉ」

御婆は風が鳴るような声を出した。左の腕は腰に添え、右手に杖《つえ》を握っている。腰に下がった巾着袋《きんちゃくぶくろ》に、和蠟燭や花切りばさみを入れているのだろう。御婆は両手に杖を持ちかえて、女衆の庭に目を凝らす。

「儂の両目はよう見えん。見えんども、村のことならなんでもわかる。最初は小林センセが家に来て、オクラサマのことは、よーうけ大事にしますからと、言わしゃった。儂が最後の拾い上げだで、あの子らがいなくなったらば、儂がオクラサマを連れていかにゃあならんぞな」

「どういうことです？」

御婆は顔を上げもせず、小さな背中でこう言った。

「あんた、はぁ、疳《かん》の強エ女子《おなご》だのぅ。死ぬほど誰かを憎んだことは、ありますかいの？」

春菜はちょっと考えて、

「ありません」と、素直に答えた。

「だろうがよ。てぇげぇは、はぁ、疳の強エ衆は祟ることがねぇ。口から出た災いが、すぐさま己に還るからだが。けど、恨み辛みを誰にも言えんで胸に抱き、鬼に成らしてしまったもんは、己も鬼に成り下がり、永劫《えいごう》灼かれて苦しむもんだ」

「はあ」

「オクラサマは優しい鬼じゃ。蒼具の土蔵に棲んどって、儂ら拾い上げには優しかったの」

「拾い上げって、なんですか？　お婆さんは、オクラサマを知っているんですか？」

御婆は、初めて春菜を振り仰いだ。

「外便所に生み捨てられて、そんでも、泣いて、泣いて、泣いて、翌朝になっても死なんかった赤ん坊は、蒼具の家が拾い上げ、土蔵において育てたんだよ。男は茂助《もすけ》、女はステと、つけられる名前も決まっておった。村の女衆が蔵へ来て、代わる代わるに乳をやり、村の子として育てたのだ」

春菜は隠れ鬼を思い出してぞっとした。そうか。清左衛門はそのために土蔵を曳いたのだ。生み捨てられた子を育て、

「村の生け贄にするために……？」

「んだよ」と、御婆は頷いた。

「お裁きや、人柱《ひとばしら》、そういうときには拾い上げから選ぶのだ。儂らは知恵を出し合って、隠れる場所を探したもんだ。だがたいていは、分別のある兄さや姉さが、自分から見つけられて連れていかれた。そんでもな、儂らは決して邪険にされてたわけじゃねえ。着るもんも、喰うもんも与えられ、読み書きだって教えてもらって、立派に土蔵を出ていった子も、たんとおる」

「オクラサマも、拾い上げだったのね」

「蔵に住まうから、お蔵様。あそこで育つ赤子らを、村の衆はそう呼んだのだ。儂らは神

じゃ。生き神様みたいなもんじゃった」

「二百年前に土蔵を移動したのは、拾った赤ちゃんを育てるためだったのね」

「それまでは、拾い上げずに埋めてしまったと聞いておる。それじゃぁあんまり惨《むご》いというので、庄屋が土蔵を移したと」

「蔵の子育ては二百年前に始まった？」

「儂はそう聞いておる。お武家さんが来るときは、蔵の全部が閉ざされて、赤子の声は聞こえんじゃった。あそこで何人育ったものか、昔のことはわからんけれど、拾い上げの儂らには、お蔵様が見えておったよ。白くて細長い、きれいな顔の兄さでな」

一瞬、春菜はぞっとした。それは蒼具家の特徴的な顔つきだ。村の女ばかりか庄屋の家でも、赤ん坊を生み捨てなければならなかったとは。現代に生きる春菜には想像もつかない厳しさだ。

「土蔵の二階に棲んどった。虐《いじ》められたり、淋しかったり、長持《ながもち》の陰で泣いとると、頭を撫でに来てくれた。儂が会ったのは一度きりだが、蒼具の家の婆様から、話は聞いて知っとった。お蔵様は、子らにはとても優しいが、蒼具の家に祟っておるから、土蔵の扉を開けるときには、呪いを言って出にゃならん。でないとお蔵様は鬼になり、隠れた子供を取って喰う」

「呪いを……どんな……？」

「まあー、だ、だよー」

か細い声で、御婆は言った。

「お裁きのとき、お蔵様は自ら立った。どんな責め苦も、お仕置きも、甘んじて受けると決めとった。それが育ててもらった恩で、拾い上げの恩だと決めとった。それなのに……」

「村の人たちはお蔵様の口を封じるために、煮え湯を飲ませて口を焼き、指を切り捨ててしまったのね」

「悲しいよう……悔しいよう……お蔵様は神になり損ね、庄屋に祟って鬼になり、今もこころを彷徨っておわす。庄屋の息子を取り殺し、庄屋の血が途絶えても、己ばかりは彼岸へゆけず、永劫《えいごう》ここで苦しまねばならぬ」

痛ましさに春菜は慄《わなな》いた。花咲く庭では和尚の読経が続いている。経木は山と積まれていって、心なしか、和尚は二回りほど小さくなった。

目を落とすと、隣にいたはずの御婆がいない。どこへ行ったかと探してみたが、コーイチは車で眠りこけ、暗闇に溶け込むような絣の色を見つけることはできなかった。

千人近い赤子の名前をすべて書き付けてから和尚は立った。ボロ風呂敷に経木を積み上げ、清酒を注いで、和尚はそれに火を付けた。明け始めの庭に赤々と火の手が上がり、真っ白な煙が、薄くなった月に向かって伸びていく。線香もまだ焚かれていたが、蠟燭の火はもはや丸くなく、線香の煙もまた、地面ではなく空に真っ直《まっす》ぐ上っていた。

雷助和尚がどの宗派の僧で、彼のしたことがどういう教義に則《のっと》っているのか、春菜にはまったくわからなかったが、回り出した風車の音と、裏庭に漂う菊の香りが、以前とは違って感じられた。ガチャンと車のドアを開け、目をこすりながらコーイチが出てくる。

「終わったんすか?」

と、彼は訊いた。

「そうみたい。名前を書いた木の板を、和尚が燃やしているの」

「なんも変なこと、起きなかったすか」

「別になんにも」

「あー、ま、じゃ、次はいよいよオクラサマっすね」

コーイチは欠伸《あくび》をすると、立ち小便をするために、奥の暗がりへ歩いていった。


翌日は雨だった。

道の駅の敷地図面も、苦労して立てた展示プランも、茶封筒に入ったままの血文字の写真も、すべてが無駄になったと思いながら、春菜はそれらを片付けていた。今期期待の売上予定額が消えたショックはかなりのものだが、長坂から引導を渡されてしまった今は、蒼具家に関わる理由はなくなった。

仙龍に渡し損ねた焼き菓子を、やりきれない思いで春菜は見つめた。

「食べちゃおっかな……」

仕事を受注できなかったのだから、焼き菓子の支払いは自分持ちだ。包みに手を伸ばしたとき、スマホがけたたましく鳴った。

「げ」

下品な声を出したのは、プロフィール画像にパグが浮かんでいたからだった。

「あ、春菜ちゃーん？　ぼく。長坂だけど」

長坂は気持ちの悪い声を出し、くふふと含み笑いをした。

「春菜ちゃんが提案した展示プランなんだけど。実は市長から連絡があって」

昨日の怒号が夢かと思うほどの猫なで声に、春菜はお尻がムズムズした。

「市長が？　どうして？」

地方自治体の案件に市長が口をはさんでくるとは一体どういうことだろう。春菜は不審に思ったが、困った声で長坂は続けた。

「いやね、あの村には山田会って後援団体があるみたいでさ、そこから市長に連絡が行って、蒼具家を村の歴史資料として残したいって話が出てきちゃったのよ。ほら、春菜ちゃん提案してくれたよね？　土蔵を民俗資料館にしたらどうかって」

「ご提案はさせていただきましたが」

春菜は冷たい声で言った。さすがの長坂も、市長には従順に対応するらしい。

「だよね。で、その企画書のデータをさ、すぐにこっちへ送ってくれない？」

そうはいくものですかと、春菜は思った。プランをデータで送ってしまえば、アーキテクツの社名を削除して、長坂はそこに自分の社名を入れるだろう。斯くしてプランはネコババされて、仕事は別注でほかに流れる。

「わかりました。では、データを早急に書類にまとめ、プレゼンに同行させていただきます。なんといっても、記念すべき私の、初めての、長坂先生からのお仕事ですから」

長坂はぐっと息を呑み、打って変わってシビアな声で訊いてきた。

「ざっくり弾いてあるんでしょ？　いくら欲しいの？」

春菜は試算計上に雷助和尚の百万円を上乗せするのを忘れなかった。

「税抜き六千六百万円です。びた一文値引きしません」

ああだこうだと駆け引きの末、春菜はついに、『御社との契約を前向きに検討する』と、長坂に言わしめた。

「それでは失礼いたします」

しごく冷静に電話を切ってから、春菜は焼き菓子にキスして胸に抱きしめ、ぴょんぴょん跳ねた。向かいのデスクの同僚が、大丈夫か？　という顔で春菜を見ている。

「やったっ。打倒、長坂パグ男」

握った拳を上下に振っているときに、仙龍からメールが来ていたのを知った。

——件名：蒼具家土蔵の件　送信者：守屋大地（株）鐘鋳建設
高沢春菜様　お疲れ様です。

通話中のようでしたので、メールにて失礼いたします。

蒼具家土蔵とその周辺は、本日から明日未明にかけて立ち入り禁止と致します。

何卒《なにとぞ》ご承知おきいただけますように。　仙龍拝——

「立ち入り禁止？　なんで？」

焼き菓子を胸に抱いたまま、春菜はハッとして、バッグを掴んだ。

「出てきます！」

「どこへ？」と訊く同僚に、

「蒼具村」と答えて、駐車場へ駆け下りる。

間違いない。仙龍は、あれをやるつもりなのだ。

夕立は通り過ぎ、車のボンネットに水滴が光る。ドアを開け、菓子とバッグを助手席に放ると、春菜はヒールをスニーカーに履き替えた。蒼具へ通うようになってから、車にはいつも着替えとスニーカーとタオルと虫除けスプレーを常備している。センターコンソールに携行食だって置いている。春菜は車のエンジンをかけ、アクセルを踏んだ。

蒼具村の方向に、これから降るぞといわんばかりの黒雲がむくむくと湧き出している。雨を追いかけて走りつつ、春菜は不安でいっぱいだった。蒼具で脳裏に湧いたビジョンが、フラッシュしながら視界をよぎる。呼ばわる声。子供らの恐怖。雨の中、泣きながら死体を見ていた大人たち。蒼具神社で死んだ蒼具由紀夫の凄惨な姿。

「何卒ご承知おきいただけますように？　バッカじゃないの」

呟いて春菜は体を揺らした。女衆の庭を浄化しても、祟りはまだ終わっていない。村には怨念が生きている。古い因縁が渦巻いている。因があって縁をつなぐ。雷助和尚はそう言った。ひとつの悲しみ、ひとつの後悔。それらがどんどんつながって、オクラサマは怨霊になった。その力は強大で、今もあの村を縛っているのだ。

「ばか、仙龍……どうするつもりよ」

気持ちがどんなに焦っても、信号に従わなくてはならないし、渋滞があれば進めない。向こうの空は真っ黒で、不穏な雲が垂れ込めており、時々稲妻がピカリと光る。

そうだ。コーイチに連絡しよう。

赤信号で止まった隙にスマホを出すと、指先が写真閲覧アプリに触れた。資料として撮りためた蒼具の写真が画面に並び、その一枚に、春菜の目は釘付《くぎづ》けになった。

初めて蒼具へ行ったとき、小林教授と仙龍と土蔵の内部を確認した。そのとき撮った階段の端に、二人の姿が写り込んでいる。首に汚い手拭いをかけ、飄々と佇む教授の姿は鮮明なのに、頭にタオルを巻いてその横に立つ、仙龍の姿は真っ黒だった。

立ち入り禁止とメールを送ってよこしたくせに、門にも駐車場にも、バリケードのひとつも置かず、蒼具家は常のまま、山に抱かれて静まっていた。駐車場に仙龍の車と和尚の軽トラックが止まっていたが、人影はない。

一夜明けた女衆の庭は憑き物《もの》が落ちたように爽《さわ》やかで、不気味に思えた風車の朱さも、今日はまったく気にならない。裏山を見上げてみても、鬱蒼と茂る木々のせいで蒼具神社が見えるはずもない。

春菜は静かに車を降りたが、とたんに、全身の産毛がぞわりと立った。

どうしてこんなに静かなの？

午後の空気はいくらか湿り、足下に、あの冷気がわだかまっている。懸命に耳を傾けてみても、人の気配がどこにもしない。裏庭の柵の前に立ち、土蔵の方向を探るように見る。が、外便所が邪魔になって、土蔵の様子はわからなかった。

春菜は木戸を押し開けて、菊咲く庭へ忍んでいった。

足下に見えない水があるようだ。一歩踏み出すたびに、踝が冷たい空気を掻き分ける。

風はなく、蟬も鳴かない。

「仙龍……？」

叱られるかもと思いつつ、小さな声で呼んでみる。そのとき、小菊の藪がゆさりと揺れて、春菜は飛《と》び退《の》きそうになった。花の間に膝を折り、煤けた顔の女の子が、春菜に向かって人差し指を立てているのだ。声を出してはならないと、その子の目が語っている。

(見《め》っかるよ)

囁《ささや》くようにそう言うと、女の子は葉陰に消えた。

——も一う、い一い、か一い……——

幻だろうかと思う間もなく、頭の後ろのどこか遠くで、誰かの呼ぶ声がした。

「ま一だ、だ、よ一」

応える声は人間だった。春菜は土蔵を振り向いた。和尚の声だ。

まずい。隠れ鬼はもう、始まっていたのだ。

慌てて周囲を見回すも、外便所のほかに隠れ場所はない。けれどもその外便所すら、隙間だらけの穴だらけなのだ。春菜はくるりと踵を返して、駐車場へ駆け出した。

——も一う、い一い、か一い——

呼ぶ声の調子が変わりつつある。

苛立《いらだ》ちと悪意と憎しみと、そして怨念がこもっていく。

足にまつわる冷たさを蹴り、春菜は裏庭の柵を出る。自分の車に逃げ込もうとして、もしも車内で見つかったなら、逃げ場がないと判断する。駐車場の奥は裏山だ。その反対側は沢になる。沢の周囲には下草がなく、渓流を渡らなければ隠れられない。裏山に通ずる獣道。その周りには鬱蒼と木が生い茂り、夏草は腰のあたりまである。

——もーう、いーい、かぁーい——

太陽はどこへ行った。頭上に雨雲が垂れ込めて、腐った水の臭いがする。

逃げて、めっかるよ。

隠れて、めっかるよ。

来るよ、来るよ、もうすぐ来るよ……

頭の中で子供の声が、車輪のようにぐるぐる回る。長坂のばかが土蔵を開いた。放たれてしまったオクラサマを、仙龍は呼び戻そうとしているのだ。

オクラサマはどこにいる？　私はどこに隠れればいい？

「もーう、いーい、よー」

和尚が答えたそのとたん、ビシ！　と音が鳴るようにして、あたりの空気が一瞬で凍った。春菜は車の陰から飛び出して、一目散に裏山へ向かった。

体中が総毛立つ。空気の密度が突然増して、思うように足を運べない。御婆が通った獣道は、背の高い春菜の胸から上に、鋭い葉先が向いていた。掻き分けるたび手が切れて、頬に擦り傷を作っていく。それでも春菜は足を止めない。坂道を駆け上がり、石で滑って膝をつく。四つん這いになるほど前のめりに、必死で山を這い上がる。

庚申塔や、筆塚《ふでづか》や、何かわからない小さな石碑が道の両脇に鎮座して、それらの前にはことごとく、蠟燭の燃えかすが残されていた。

ここまで来ればもういいか、ふっと呼吸をしたときに、背後の草が揺れるのを感じた。

ずるり……ぺたん。ずるり……ぺたん。湿ったような音が来る。

春菜は慌てて息を殺した。土蔵で嗅いだ血の臭いが、いつのまにかあたりに漂っている。空は黒く、梢は暗く、湿り気と汗が張り付いてくる。恐怖で顔が引きつった。

ずるり……ぺたん。ずるり……ぺたん。

十メートルほど下で草が揺れる。追ってくる者は背が低く、這うように山を登ってきている。春菜の頭上で何かが飛び立ち、折れた小枝が降ってきた。

瞬間、春菜は地面を蹴って、再び山を登り始めた。

苦しさに振り仰げば、木の枝が摑みかかるようにかぶさってくる。両手を使い、頭を使い、藪を搔き分け、進んでいく。どれほど上まで登っただろう。息も絶え絶えになったとき、朽ちてひしゃげた鳥居が見えた。

蒼具神社だ。もう逃げられない。助けを呼ぼうとスマホを出して、春菜は待ち受け画面の自分の姿が、真っ黒になっているのを知った。鳥居に背中を預けて座り、祈るように両手を組んで、春菜はぎゅっと両目を瞑った。

ずるり……ぺたん。ずるり……ぺたん。

臭いはますます強くなる。背中に冷気が突き刺さる。あれは土蔵にいなかった。すでに放たれてしまっていた。必死に次の鬼を探している。自分が被った災厄を、転嫁する相手を探しているのだ。まーだ、だよー。土蔵を出るときの呪いのように、そう言ってみたらどうだろう。すべての意識を空白にして、気配を消すことはできないだろうか。ここにいながらここにはいない。そんな技がもし、使えたならば……

ずる……り……ぺた……ん。ずる……り……ぺた……ん。

だめだ、見つかる！　春菜が覚悟を決めたとき、

「こっちだぇ」と、誰かが呼ばわり、

――みぃー、つけ、たー――

と、嬉しげな少年の声がした。

刹那、バリバリバリッ！　と空が裂け、折り重なった水が落ちるほど、酷い豪雨が天から降った。バケツの水をかぶったように、春菜は一瞬でびしょ濡れになり、足下を濁流が流れ始めた。驚いて顔を上げたが、水が目に入って視界が利かない。鳥居にすがって立ち上がり、春菜は蒼具神社の前に、御婆が立っているのを見た。

御婆の腰は伸びており、蓬髪が風になびいて、薄青い目が真っ直ぐ春菜を見つめている。

「あんた……ようやって……おくんなさった」

御婆は春菜にそう言うと、

「下りなされ。火が降るで」

と、手で追い払う仕草をした。

脳天から釘を打たれたように、閃きが胸を突き抜ける。

御婆は酷い雨音をものともせずに、その声は真っ直ぐ春菜に届いてきた。蒼具神社は小さな祠で、垂れ込める闇に背後が霞み、御婆は白髪を濡らしもせずに、祠の前に立っている。皺びた手を大きく振って、しきりに春菜を追い払う。その足下に、黒い何かがわだかまっていた。稲妻が光り、そのものを照らす。春菜は思わず悲鳴を上げた。

真っ白なシャツ、黒いズボン。端整な白い顔。蒼具由紀夫の顔をして、口から下が無残《むざん》に潰れ、両目は白く、髪は濡れ、四肢の指が無残にひしゃげた何かが、御婆の両足にすがっているのだ。

雨中に目を見開いて、春菜は今来た道を駆け下りた。ざざざざざっと風が吹き、梢から雨を叩き落とす。下に蒼具の家が見えるが、土蔵のあたりに日が照って、裏庭は陽射しと雨で二色に分かれ、ゲリラ豪雨の境目が、ありありと見て取れた。石ころに滑り、半分尻餅をつくようにして、山を下る。土蔵の中から現れたのは、あれは和尚と、

「仙龍ーっ!」

悲鳴のように春菜は叫んだ。仙龍はその声に気が付いて、一目散に駆けてくる。

仙龍！　仙龍！

　叫ぶたび、春菜はもっと速く走れる気がした。仙龍！　仙龍！　びしょ濡れの服が体に張り付き、濁流が足を取ろうが、関係ない。篠突く雨。吠《ほ》える風と、夏草の枷《かせ》。泣きながら春菜は駆け、両腕を広げた仙龍の胸に飛び込んだとき、凄まじい轟音《ごうおん》を上げて稲妻が走り、蒼具神社に落雷した。

　裏山の頂に黒煙が上がり、裂けた雨雲の間から、鋭い日光が射し込んでくる。

「ばかっ！　メールを送っておいただろうが！」

「だからよ、だから放っておけなかったの」

「いったいどうするつもりだったんだ、もしも……」

　そう言って、仙龍は春菜を抱きしめた。

　ずぶ濡れになって震えながら、春菜は仙龍にしがみつく。逞しい胸と、筋肉と、その体温がありがたい。仙龍は生きている。よかった、彼は生きていたと、春菜は思った。


　すぐさま消防車と救急車が呼ばれ、隊員たちは、落雷した蒼具神社へ御婆を探しに登っていった。だが、燃え尽きた蒼具神社に御婆の遺体も姿もなく、彼らは虚《むな》しく戻ってきた。消防隊員が黒いビニール袋に入れて運んで来たのは、ミイラ化した成人男性の左腕で、そこには細い三本指が突き刺さるように喰い込んでいた。

「ほう。これは、蒼具神社のご神体だの」

雷助和尚は数珠を出し、その場で腕に読経した。

蒼具神社の落雷騒ぎで、村の住人ほとんどが集まってきていたが、一番後から走ってきた課長が、救急隊員を捕まえてこう言った。

「来てくれぇ！　御婆が家で死んどるでや」

春菜は仙龍と顔を見合わせた。

「それなら警察に連絡してください」

救急隊員は冷静に言う。

「待ってください。そんなはずはありません」

春菜は課長の前に進み出た。

「御婆はさっき、雷が落ちる寸前まで、私と一緒に蒼具神社にいたんです」

「そんなはずねえ」

課長は唾を飲み込んだ。

「どう見ても、あれは、死んでから数日経っとるわ。えらいことだ。警察ですか」

課長は野次馬の中に山田を見つけ、その後の手続きをとらせるために、山田のほうへ歩いていった。

「……どういうことなの？」

春菜は昨夜コーイチに、『なんも変なこと、起きなかったすか』と、訊かれたことを思い出した。

「嘘……あれはそういう意味だったの？」

雷雨は去り、青く空が広がって、くすぶる神社の白い煙が、真っ直ぐ天へ伸びていく。

「つまりはそういうことだのう」

乞食《こじき》坊主のようななりをした雷助和尚はそう言った。

エピローグ

草むらでコオロギが鳴いている。盆が過ぎたと思ったら、あっという間に空気が澄んで、枯れ色になった里山の上に、高く秋空が広がった。

蒼具の土蔵は慎重にジャッキアップされ、現在の場所から女衆の庭へ、鉄のレールが敷かれていた。五色の幟《のぼり》が幾本も立ち、真っ白な隠温羅流の法被をまとった職人たちが、土蔵のまわりを二列に囲む。雷助和尚も今日はそれなりの袈裟を着て、どこの高僧かという出《い》で立《た》ちだ。市長、村長、役場職員に住人たち、道の駅建設に関わる職人と業者が一堂に会し、この日招かれた蒼具美子の隣には、春菜とコーイチが晴れ晴れとした面持ちで立っていた。

「村の空気が変わったみたい」

空を仰いで美子は言った。フォーマルスーツに身を包み、水晶の数珠を握った美子は、喪に服しているかのような黒い帽子を被っていた。

「禁忌を犯して隠れ鬼をした日、私は、土蔵でオクラサマを見たんです。血だらけで、くしゃくしゃに指が折れた足だけでしたけど。オクラサマに見つかりそうになったとき、兄が、こっち！　と呼びました。私の身代わりになったんです」

「隠れ鬼は生け贄を選ぶ儀式だったようです。そうして大概は年長の誰かが、自ら見つかって鬼になった。由紀夫さんがされたみたいに」

美子は深く頷いた。

「兄に裏山へ呼ばれた日、私は蒼具神社まで行けないで、途中で写真を拾ったんです。仙龍さんに送った写真がそれでした。あれを見るたび、怖くて、怖くて、兄を死なせてしまったのは自分だと、そう責め続けてきたんです」

春菜は白い封筒を出し、中の写真を美子に見せた。影のように真っ黒だった由紀夫の姿は、周囲に写る友人たちと同じ明るさに戻っていた。

「オクラサマは成仏されたんだと思います。もちろんお兄様の由紀夫さんも」

震える指で写真をなぞり、美子はそれを自分の胸に抱きしめた。

「土砂降りの中、兄は亡骸で戻ってきました。その惨い姿を見たときに、私は、あのオクラサマは兄だったのだと、そう思って、怖かったのです。怖かった……ずっと、この村が怖かったんです」

「もう大丈夫ですよ。村で最後の拾い上げだったステというお婆さんが亡くなって、そのときにオクラサマを一緒に連れていきました。ご自分で決心されて、そうするべきだと仰っていました」

「ステ姐《ねえ》さん？」

美子は小首を傾げて春菜を見た。

「ステ姐さんは、蒼具家で子守をしていた姐さんです。私も由紀夫ちゃんも、死んだ一士兄さんも、ステ姐さんに育ててもらったんです」

美子の古いアルバムにあった、母親ではない女性の姿を、春菜はよく覚えていた。あれは御婆の、若かりし頃の姿だったのだ。

「ステ姐さんは由紀夫ちゃんのことが好きだったんです。私も兄が好きでした。兄は、なんというか、今風の……とても美男子でしたから」

「彼女は御婆と呼ばれていて、神降ろしの仕事をしていたようです。亡くなるまで女衆の庭に通って、菊の手入れをしていました。満月の夜には火を灯し、若いお母さんたちに風車の作り方を教えて、ずっとあの庭を守っていました」

美子はハンカチを出して目頭を拭った。

「私がしなければならないことでした。でも、私は、この家がただただ忌まわしかった。ここが怖くてならなかったんです」

「怖さと愛《いと》しさと切なさと……私、ここのプランを手がけて、それを本当に感じました。だからこそ、あの庭と、土蔵と、蒼具神社がある山は、残さなきゃって思ったんです」

「資料館として残してくださるそうですね」

「古記録の展示公開に同意してくださって、ありがとうございます。すべてを包み隠さず展示するということに関しては、ずいぶん協議を重ねたんですけど、結局、この村の生き様や、庄屋としての蒼具家のあり方を、ありのまま展示するのが一番だということになりました」

「そうね……私も今は、それを誇れる気持ちです」

蒼具美子は顔を上げ、両手に数珠を握りしめた。

謡《うたい》の声が朗々と上がる。雷助和尚が進み出て、大数珠を振って読経すると、土蔵に幾重にもかけられた綱が曳き手らに持ち上げられて、土蔵の屋根に正装をした仙龍が現れた。

「あ、ほら、社長っすよ」

コーイチが興奮した声で春菜を呼ぶ。純白の長い法被をなびかせ頭に七色の御幣《ごへい》を被った仙龍は、裸の胸に白布を巻いて、手には大きな幣《ぬさ》を持ち、大棟の上にすっくと立った。

「始まるっすよー」

春菜は眩しい想いで仙龍を見上げた。鍛え上げられた肉体に清浄な衣をまとった様は、コーイチでなくとも見とれてしまう。居並ぶ曳き手の一糸乱れぬ所作と声。仙龍が幣を振ると、重い土蔵が奇跡のように動き出す。

二百年前に先祖が曳いて、匠が守った建造物に、また新しい命を吹き込むのだと仙龍は言った。三百年の想いが滲《し》みた蒼具の土蔵は、壊した母屋の材で修復されて、次の百年を歩み出す。仙龍はその床下に、新しい隠温羅流の因を貼る。

いつか、誰かがそれを見て、『今』に想いを馳《は》せるのだろうか。そのときは、春菜はもちろん、仙龍も、和尚も、誰一人この世にいないとしても、少なくともその長い年月の一瞬に、私たちは関わったのだ。春菜はそのことを誇りに思った。

首にカメラをかけた小林教授が、嬉しげにシャッターを切っている。春菜も資料写真を撮らねばならないというのに、今はまだ、もう少しだけ、仙龍の勇姿を見ていたいと願った。

了

【国の重要文化財　旧蒼具家土戸と鬼の文字】

土戸を含めた蒼具家土蔵は、蒼具村に新設された道の駅の一角に、民俗資料館として残されている。女たちが守った菊の庭は、地元有志の管理により赤と黄色の菊が植えられて、紅殻染めの風車が回る。

裏山の頂上には新たな地蔵堂が建立《こんりゅう》されたが、それはかつて蒼具家の中庭にあった地蔵尊を安置したもので、様々な石仏や祠とともに、蒼具村の子供たちと、この地を訪れる人々の幸運を守っている。

参考文献

『民家と西洋館』信州郷土史研究会解説・写真（信濃毎日新聞社）
『あそびの学校』菅原道彦（ベースボール・マガジン社）
『遠野物語』柳田国男（新潮文庫）
『日本の「未解決事件」100　昭和・平成の「迷宮」を読み解く』（宝島社）

本書は書き下ろしです。

この物語はフィクションです。実在の人物・団体とは一切関係ありません。

〈著者紹介〉

内藤 了（ないとう・りょう）

長野市出身。長野県立長野西高等学校卒。デザイン事務所経営。2014年に『ON』で日本ホラー小説大賞読者賞を受賞しデビュー。同作からはじまる「猟奇犯罪捜査班・藤堂比奈子」シリーズは、猟奇的な殺人事件に挑む親しみやすい女刑事の造形が、ホラー小説ファン以外にも広く支持を集めヒット作となり、2016年にテレビドラマ化。

鬼《おに》の蔵《くら》　よろず建物因縁帳《たてものいんねんちょう》

2016年12月19日　第1刷発行　　定価はカバーに表示してあります

著者……内藤《ないとう》 了《りょう》

発行者……鈴木　哲

発行所……株式会社 講談社

〒112-8001 東京都文京区音羽2-12-21

編集03-5395-3506

販売03-5395-5817

業務03-5395-3615

本文データ制作……講談社デジタル製作

印刷……豊国印刷株式会社

製本……株式会社国宝社

カバー印刷……慶昌堂印刷株式会社

装丁フォーマット……ムシカゴグラフィクス

本文フォーマット……next door design

ISBN978-4-06-294053-5　N.D.C.913　230p　15cm

特報

「よろず建物因縁帳」シリーズ其の二

首洗い滝

よろず建物因縁帳／内藤了

その滝からは、
人の顔が
流れてくるのだ——。

◎2017年初夏、講談社タイガより発売決定！